# 중국,
## 新실크로드의 부활을 꿈꾸다

중국, 新 실크로드의 부활을 꿈꾸다

초판 1쇄 인쇄   2008년 12월 08일
초판 1쇄 발행   2008년 12월 12일

지 은 이   김세원
펴 낸 이   손형국
펴 낸 곳   (주)에세이퍼블리싱
출판등록   2004. 12. 1(제315-2008-022호)

주    소   157-857 서울특별시 강서구 방화3동 822-1 화이트하우스 2층

홈페이지   www.essay.co.kr
전화번호   (02)3159-9638~40
팩    스   (02)3159-9637

ISBN 978-89-6023-204-4 03810

# 중국,
## 新실크로드의 부활을 꿈꾸다

글 · 사진 김세원

유라시아대륙의 핏줄,

실크로드를 따라서

2007년 5월 7일,

시민들의 뜨거운 격려 속에 울산을 출발하여 다음날 인천항에서 페리를 타고 만 하루 서해바다의 파도를 넘어 5월 9일 중국 텐진(天津)항에 안착하였다. 텐진에서 자동차로 베이징(北京)까지, 그리고 고대 실크로드의 기점 샨시성(陝西省) 시안(西安)으로 이동하여 본격적으로 실크로드를 따라 간쑤성(甘肅省) 허시저우랑(河西走廊)의 도시들을 지나 텐산북로를 달렸다. 그리고 중국의 서쪽 끝 신장웨이우얼 자치구의 카슈가르를 거쳐 키르기스스탄, 우즈베키스탄, 투르크메니스탄 등 1991년 옛 소련으로부터 독립한 중앙아시아 3국과 페르시아의 영광을 간직하고 있는 이란, 동서양의 문명이 혼재해 있는 터키 이스탄불까지 100여 일 간 약 25,000Km를 우리 손으로 만든 자동차로 달렸다.

유라시아 대륙을 가로지르는 이번 실크로드(Silk Road)의 여정은 ubc 울산방송이 개국 10주년을 맞아 특별방송 '新실크로드' 제작을 위한 것으로 방송사는 물론 몇 몇 기업의 적극적인 지원 아래 '유라시아 대장정'이라 명명하고 PD 2명, 카메라맨 2명, 필자를 포함한 시민대표 3명 등 총 7명으로 팀을 구성하였으며 자동차 3대로 고대 실크로드 상에 산재해 있는 50여 곳의 유구한 역사적 도시들을 직접 탐방해 봄으로써 이들 도시들이 간직하고 있는 문화적 가치와 삶의 현장을 통해서 오늘날 실크로드의 정체성을 확인해보고 21세기 산업도시 울산의 성장 동력으로서 잠재적 가치를 모색해 보는데 있었다.

실로 이러한 엄청난 프로젝트에 내가 참여하게 되리라고는 전혀 예상치 못했으나 운이 좋게도 방송국으로부터 출발 석 달 전에 통보를 받게 되었다. 실크로드 여행은 누구나 한번 쯤 동경하게 되는데 그런 유라시아 대륙의 매력적인 길을 따라서 직접 자동차를 운전하며 달린다고 생각하니 며칠간은 아무 일도 할 수 없었다. 한 대원은 이러한 기회를 갖게 된 것을 로또 당첨에 비유할 정도였다.

석 달 열흘간의 임무를 완수하기 위해서는 무엇보다 체력을 키워야만 하였다. 낯설고 물 설은 곳에서 때로는 사막을 가로질러 가야하고 만년설을 이고 있는 고갯길을 넘어야하며 한 낮의 기온이 4, 50도를 웃도는 살인적인 더위를 이겨낼 수 있는 강인한 몸을 만들어야만 하였다. 만에 하나 한 사람이라도 건강을 해치게 된다면 팀워크가 흔들리게 되고, 그렇게 되면 일정에 차질이 생길 것은 불을 보듯 뻔하기 때문이다. 따라서 출발 전까지 정기적으로 산행을 통하여 기초 체력을 기르고 동시에 팀워크도 다지게 되었으며 게다가 개인훈련을 병행하여 체력을 보강하였다.

그런데 정작 신경 써야 할 문제는 우리의 발이 되어줄 자동차였다. 총 3대의 차량 중 현대자동차에서 2007년형 신형 산타페 2대를 지원해주었으며 나머지 한 대는 한 대원이 본인 차(96형 갤로퍼)를 합류시켰다. 그리하여 우리의 철낙타 군단이 꾸려지게 되었으며 산타페 1호차는 해울이(울산시 마스코트로서 고래의 명칭), 2호차는 아띠(ubc 울산방송 마스코트 명칭) 그리고 3호차 갤로퍼는 처용(처용설화의 주인공)으로 각각 이름을 붙이게 되었다. 사막 길을 대비해 스노쿨을 장착하고, 험로용 타이어로 바꾸었으며 이를 위해 차체를 높이기도 하였다. 아울러 서치라이트를 지붕에 설치하고 자동차를 끌 수 있는 윈치도 부착하는 등 필요한 몇 가지를 튜닝 하였다. 연료첨가제까지 나름대로 세심하게 준비를 했지만 비포장 험로를 달리다 보니 정비소를 자주 찾게 되었으며 열악한 현지 정비소 사정으로 겨우 임시방편의 땜질식 수리가 고작이었다. 결국 터키의 한 고속도로 상에서 3호차 처용이 심각하게 고장이 나서 난관에 부딪쳤지만 이즈밋 현대자동차 공장이 수리를 해주었으며 아예 새 차로 만들어 주었다. 이렇게 중국과 터키에 있는 현대자동차 정비소와 생산공장으로부터 커다란 도움을 받을 수 있었다.

대장정 기간 중에 숙박은 대부분 호텔을 이용하였으며 유목민들의 전통가옥인 텐트에서 지내기도 하였다. 호텔은 보통 3성에서 머물렀는데 나라마다 수준 차이가 있다. 중국의 경우 대도시의 호텔은 시설이 양호한 편이었으나 키르기스스탄은 호텔사정이 열악한데다 가격은 상당히 비쌌으며 투르크메니스탄에서는 호텔 선택권이 우리에게 있는 것이 아니라 그 나라 정부에서 정해주는 곳에서 숙박을 하여야만 하였다. 우즈베키스탄과 이란에서는 예전의 카라반 사라이를 개조해 만든 호텔이 퍽 인상적이었으며 터키, 특히 이스탄불에서는 많은 관광객들로 인하여 방을 잡기가 어려워 애를 먹었다.

호텔을 들먹이며 훌륭한 잠자리를 기대하는 것이 사치일 수도 있겠지만 여정이 하루하루 더해짐에 따라 잠자리에 대한 애착이 깊어져만 가는 것은 누적되는 피로를 의식하기 때문이었다. 잠자리와 더불어 또 한 가지 중요한 것은 먹거리인데 식사는 거의 현지식으로 해결하였다. 그런데 나라마다 독특한 맛과 향신료 때문에 어려움을 겪을 수밖에 없었다. 중국의 샹차이(香菜), 키르기스스탄 등 중앙아시아의 우크롭, 그리고 이란이나 터키의 케밥 등에서 나는 묘한 향들은 식사의 즐거움을 반감시키기도 하였다. 그래서 반드시 준비해야할 것이 바로 고추장이다. 고추장 하나면 어떤 음식도 내 입에 맞출 수가 있음은 더 이상 설명할 필요가 없을 것이다. 그런데 오이와 토마토, 삶은 계란은 중국에서부터 터키까지 어디를 가도 식탁에 올라오기 때문에 배불리는 못 먹어도 굶는 일은 절대로 생기지 않는다. 하지만 물을 갈거나 음식을 잘못 먹었을 경우 때때로 배앓이로 고생을 하기도 하였으며 중앙아시아와 이란, 터키는 거의 불에 구운 음식이기 때문에 커다란 걱정은 없지만 유목민들의 발효식품은 입에 맞추기가 여간 까다로운 것이 아니었다.

따라서 봉지라면이나 컵라면은 없어서는 안 될 중요한 비상식량이었다. 한꺼번에 많은 양을 가지고 갈 수는 없지만 중국이나 우즈베키스탄의 한국마켓에 가면 쉽게 구할 수 있다. 보통 이동 중에 식당을 찾지 못하거나 아주 늦은 시간에 호텔에 도착할 경우 또한 현지 음식이 질릴 때 라면은 대단한 위력을 발휘하였다. 물론 쌀도 준비를 해서 밥도 몇 번 지어먹기도 하였지만 역시 라면만큼 간편하지 않다. 특히 호텔에서 제공하는 조식 중에서 삶은 달걀은 먼 거리를 이동할 때 아주 중요한 비상식량이었는데 대장정 팀이 아침식사를 하고 나가면 식당에 준비된 계란이 거의 바닥을 드러내곤 하였다. 물은 항상 미리미리 충분히 챙겨야 함은 두 말 할 필요도 없으며 무엇보다도 실크로드 상에서 살아가는 사람들은 차(茶)를 즐기기 때문에 음식점이든 가정을 방문하든 그들은 꼭 차를 내 놓는다.

자동차로 국경을 통과하는 것은 대개 절차가 복잡하고 까다로워서 국경에서는 늘 긴장의 연속이며 시간이 많이 걸리는 지루한 과정이었다. 일단은 언어가 통하지 않으니 적지 않은 서류 작성에 피곤하고 작은 일이라도 문제가 되기 쉬워 반드시 가이드가 동행해야 하는 등 모든 면에 있어서 시스템이 열악해 아직까지는 국경을 넘나드는 것은 무척이나 고단한 일이다. 특히 정치체제가 불안한 중앙아시아 신생독립국들은 예민하고 까다롭게 군다. 대개가 국경을 통과할 때 사진 촬영이 금지돼 있으며 국경을 수비하는 군인들의 눈치도 잘 살펴야 한다. 중국에서는 군인이나 군용차량을 카메라에 담는 것은 곧 낭패에 빠지는 일이 될 수 있음을 명심해야 한다.

수천 년의 역사와 문화유산을 간직한 도시들을 한정된 시간에 전부 둘러볼 수는 없는 노릇이어서 가급적 대장정 취지에 부합되는 곳을 선별하여 방문하였으나 유물유적이나 산업시설에 대한 해당국의 촬영불허와 그리고 지나치게 비싼 대가를 요구해 정말 필요한 부분을 놓친 것은 지금도 아쉬움으로 남는다. 또한 사막이나 고산지대를 통과하기 위해 사전 허가를 요청했던 길이 위험하여 동행한 해당국의 관리가 허락하지 않거나 도로가 끊기는 등 사정이 열악하여 할 수 없이 계획된 길을 변경하거나 우회하여야만 하였다. 게다가 역사 관련 전공자가 아닌 나로서는 여정을 기록함에 있어 수 천 년 이어져온 삶의 역사를 제대로 전달할 수 없는 것이 안타까운 일이었으나 대신 현장에서 섭외한 학자나 전문가 및 관계자들의 목소리에 최대한 귀를 기울였으며 또한 현지에서 구입한 서적이나 안내 책자 등을 참고하였다.

이제 100여 일간의 여정을 마치고 돌이켜 생각해보면 그 길은 분명 쉬운 길이 아니었으며 더욱이 개인적으로 접근한다는 것은 여러 가지 면에서 분명 한계가 있었다. 특히 짧은 준비기간으로 많은 시행착오를 겪었을 뿐만 아니라 심층적 접근이 미흡했던 것도 인정할 수밖에 없다. 부족한 점이 많았지만 그래도 '유라시아 대장정'의 임무를 수행할 수 있었던 것은 현지 가이드들의 도움이 컸으며 또한 각국에 나가있는 산업체 주재원 그리고 교민과 해외동포들의 아낌없는 협조도 빼놓을 수 없었다. 또한

ubc 울산방송과 현대자동차, 휴스콘 건설 등 업체의 적극적 후원이 있었기에 가능한 일이었다. 이 자리를 빌려 감사의 말씀을 전한다.

비록 이 한 편의 기록이 실크로드 전체를 다 얘기할 수는 없지만 유라시아 대륙이 간직하고 있는 다양한 문화와 그 속에서 우리와 같은 모습으로 삶을 살아가는 사람들에 대한 관심과 이해를 구하는데 미력하나마 도움이 되기를 기원한다. 대장정 기간 내내 힘들고 어려운 여건 속에서도 서로를 격려하며 임무를 완수한 대원 모두에게 다시 한 번 진심으로 감사를 드리면서 아울러 이 글을 한 권의 책으로 엮어질 수 있도록 도움을 준 친구 (주)현대산업기계 박철우 대표와 (주)에세이퍼블리싱 손형국 사장님께도 감사의 말씀을 전한다.

2008년  겨울의 문턱에서<br>유라시아 대장정 탐사대장  김세원

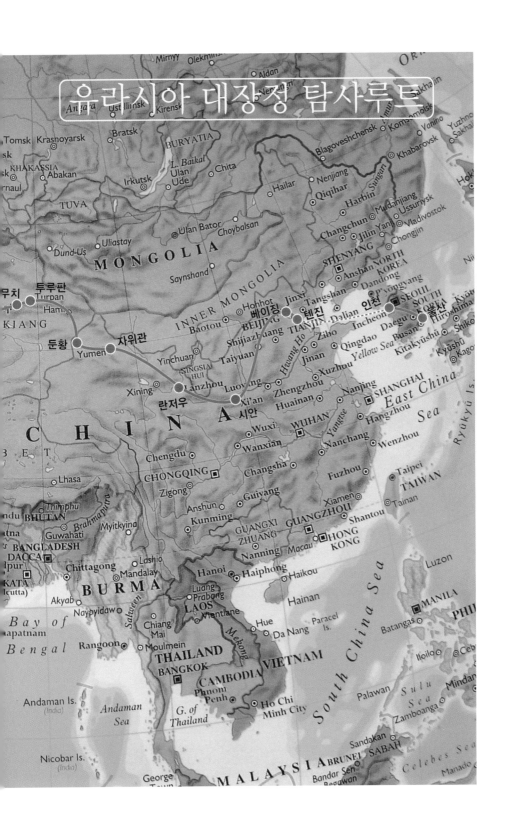

바자르에서 빵을 파는 소년…카슈가르

코우뿌우즈를 굽는 소년…투루판

양고기 꼬치를 만들며 즐거워하는 아저씨…쿠처

낙타를 타고 사막의 정취를 느낄 수
있는 둔황의 밍샤산

화염산 관광지의 관광객을 위한 낙타.
오늘은 손님대신 아들이 타고 있다.

텐산따라 나라티 가는 길.

# contents

# 한반도까지 이어진 실크로드

고대 실크로드의 일반적인 개념은 초원길과 바닷길을 접어두고 보통 중국의 샨시성(陝西省) 시안(西安)에서 출발하여 주로 오아시스가 발달된 도시들을 따라 중앙아시아와 이란을 거쳐서 서아시아나 로마까지 이르게 되는 대무역로로서 가장 중요하고도 전근대적인 길이었다. 이 길을 따라서 유통되었던 중국의 비단은 로마에서 선풍적인 인기를 끌었으며 이렇게 값 비싸고 귀한 직물을 수송했던 길을 훗날 독일의 지리학자인 리히트호펜(Ferdinand von Richthofen)은 '비단길(絲綢之路)'이란 뜻의 자이덴슈트라세(Seidenstraße), 즉 영어로 '실크로드(Silk Road)'라 부르게 되었다.

적어도 4,000여 년의 역사를 간직한 실크로드는 동서간의 무역뿐만 아니라 문명의 소통로로서 동서 문화의 교류 역할을 담당해 왔다. 앞서 언급한 바와 같이 3,400년 전에 이미 중국의 실크가 로마까지 수출 되었으며 한무제의 명을 받들어 장치엔(張騫)은 2,150년 전(BC 138) 유목민족인 월지(月氏)족과의 정치적 목적을 해결하기 위해 그의 유례없는 여행으로 '실크로드'를 열게 되었다.

당나라 고승 슈안장(玄奘)은 첫 번째 여행기인 대당서유기(大唐西遊記)를 썼던 1,400여 년 전 실크로드를 따라 천축(天竺)으로 가는 순례의 길을 만들었으며 100년 뒤에는 인도 기행문인 왕오천축국전(往五天竺國傳)을 쓴 신라 승려 혜초(蕙草)가 인도에서 실크로드를 통해 당나라로 돌아오기도 하였다. 그리고 1,271년 마르코 폴로(Marco Polo)는 이 실크로드를 따라 중국을 여행함으로써 그가 쓴 동방견문록(東方見

18

聞錄)은 유럽에 동양의 신비를 알리는 계기가 되었다.

뿐만 아니라  BC 4세기 알렉산더 대왕의 동방원정길, 중세시대 이슬람교의 서진과 동진, 십자군 전쟁, 13세기 징기스칸의 세력 확장, 14세기 티무르의 영토 확장, 18-9세기 러시아의 남하 등은 모두 실크로드 상에서 발발했던 전쟁사였으며 이로 인해 수많은 민족과 문화와 문명의 생성과 소멸로 복잡하게 얽혀진 인류사의 길이기도 하였다.

중국에서 보통 실크로드는 크게 3개의 길, 텐산북로와 텐산남로(서역북로) 그리고 서역남로로 나눌 수 있는데 이러한 간선에 지선이 더해져 그물망처럼 이어져 있다. 이 길을 통해 창안(長安)은 당시 세계 4대 도시로서의 국제적 면모를 갖출 수 있게 되었으며 통일신라시대 역시 나당(羅唐) 관계를 바탕으로 이 길을 따라서 서역문물이 한반도로 전래되었다. 이를 뒷받침 하듯 중국 시안박물관의 리샌 묘의 벽화와 우즈베키스탄의 사마르칸드 아프랍시압 벽화에는 한반도인의 모습이 생생하게 남아있으며 로마의 유리잔이 중앙아시아를 거쳐 경주에서도 발견되었고 투르크메니스탄 니사에서 발견된 각배(角杯)의 형태도 가야문화에서 찾아 볼 수 있는 것처럼 고대 실크로드는 분명 한반도까지 연결되어 있었음을 알 수 있다.

이렇게 유구한 역사로 점철되어온 실크로드는 한편으로 종교적, 이념적 차이와 민족 간의 갈등, 불안한 정치체제 등으로 오늘날 국가와 민족 간의 날선 대립은 크고 작은 분쟁으로 이어지기도 하지만 실크로드는 지하자원의 보고일 뿐만 아니라 전통문화유산과 태곳적 신비를 간직하고 있는 자연 환경은 또 하나의 국가경쟁력으로 부상하고 있다. 또한 사막에 길을 내고 황량한 사막을 옥토로 만드는 등 자국의 경제발전을 위해 부단히 노력하고 있으며  최근에는 실크로드에 인접하고 있는 나라들이 각 국의 이해관계로 끊어진 실크로드의 연결을 합의하고 新실크로드의 부활을 꿈꾸며 발 빠르게 미래를 준비하고 있다. 태평양을 가로지르는 아시아—미국 간의 무역이 퇴조하고 중동에 오일 머니가 쌓이고 한국, 대만에 이어 중국, 인도, 베트남 경제가 성장하면서 아시아 역내의 무역이 급증함에 따라 '新실크로드'가 어느 때 보다도 주목을 받고 있다.

이제 고대 실크로드에 놓인 사막 길은 아스팔트로 바뀌었으며 그 옛날 대상들이 목숨을 담보로 타고 다니던 낙타를 시간과 속도를 담보로 자동차들이 대신하게 되었다. 더 이상 실크로드는 사구(砂丘) 뒤로 붉은 해가 지는 낭만적인 길이 아니라 자국의 이익을 위해 치열하게 경쟁해 가야 하는 21세기의 경제로드로 변화되고 있는 것이다.

지금 중국과 중앙아시아, 이란 등지에서 상상을 뛰어넘을 정도로 열풍이 몰아치고 있는 TV 드라마 대장금, 중앙아시아에서 그들이 엄지손가락을 치켜세우며 우수성을 인정한 한국제품, 터키에서 형제의 나라라며 카르데쉬(형제)로 우의(友誼)를 표하는 사람들에게 한류 쓰나미를 앞세워 신성장동력으로서 21세기 '新실크로드'를 선점할 수 있는 길을 열어 가야할 것이다.

① 투르크메니스탄 니사 유적지에서 출토된 토우장식 토기.
② 경주에서 출토된 토우장식 항아리. ('신라의 토우', 경주국립박물관)

# 중국 ☆ China

인천항에서 검푸른 황해바다의 파도를 넘어 텐진에서 5월 9일부터 시작된 중국의 여정은 13억 인구의 심장 베이징을 경유하여 고대 실크로드가 시작되는 샨시성 시안에서 간쑤성 텐수이를 거쳐 란저우, 우웨이, 영창, 장예 등 허시저우랑의 도시를 지나 자위관과 둔황, 신장웨이우얼자치구의 투루판, 우루무치, 쉬허즈를 둘러보고 쿠이둔에서 텐산(天山)을 넘었다. 나라티를 거쳐서 바로 쿠처로 가려던 계획이 현지 사정으로 무산되는 바람에 이닝을 지나 우루무치로 돌아와 퉈커신, 쿠얼러를 거쳐 룬타이에서 타클라마칸 사막을 잠깐 경험하고 쿠처를 경유하여 6월 12일 키르기스스탄 국경을 넘기 전 중국의 서쪽 끝 카슈가르까지 35일간 머물렀다.

21

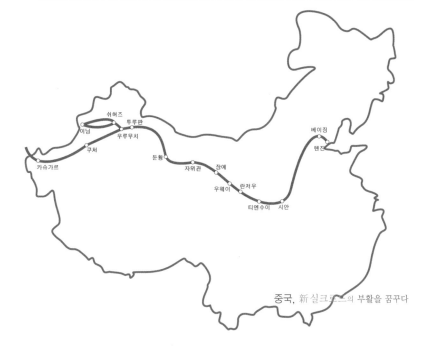

중국, 新 실크로드의 부활을 꿈꾸다

# 검푸른 황해바다의 파도를 넘어

대장정의 안전과 성공적 임무수행을 위한 출정식에서 필승을 다짐하며 참석한 많은 사람들과 힘차게 파이팅을 외쳤다. 상기된 얼굴로 어깨를 두드리고, 얼싸안으며 작별인사를 나누고는 브라스밴드의 경쾌한 행진곡에 맞춰 경찰차의 안내를 받으며 식장을 빠져나와 석양이 내려앉은 경부고속도로를 달려 인천으로 이동하였다.

24

저녁식사 자리에서 대원들과 주먹을 굳게 쥐고 다시 한 번 결속을 다져 보지만 여전히 흥분된 마음은 가라앉지 않는다. 숙면을 위해 술까지 한 잔 곁들이고 잠자리에 들었으나 긴장감까지 더해져 결국 잠을 설치고 말았다. 부스스한 눈으로 숙소를 나와 주유소에서 대원들의 발이 되어줄 자동차에 마지막으로 기름을 채우고 인천 국제여객터미널로 들어섰다. 먼저 세관 통관을 위해 자동차에 실린 짐을 내려 다시 포장하고 정리하여 수속을 마치고 간단히 아침식사를 한 후 대원들도 곧 출국수속을 밟았다.

출발에 앞서 ubc 울산방송 아침 프로그램에 출현하여 그동안 대원들의 준비과정을 보여주었다.

대합실에서 기다림의 지루한 시간을 보내고 마침내 출국심사대를 통과해서 셔틀버스로 부두에 도착해 천인호(天人號)에 올랐다. 데스크에서 객실 열쇠를 받아들고 배정된 방에 짐을 던져놓고는 배의 내부 시설부터 구경삼아 천천히 살펴보았다. 승선 두어 시간 만에 천인호는 출항 준비를 끝내고 굉음을 내며 서서히 움직이기 시작하였다. 하지만 도크 입구에 이르러 한 시간 이상을 더 머무른 후에 도크의 앞뒤 갑문이 닫히고 열리면서 마침내 미끄러지듯 내항을 빠져 나와 황해에 몸을 담근다. 월미도가 아스라이 멀어질 무렵 바다 한가운데 인천국제공항과 송도 신도시를 잇기 위해 한창 건설 중인 인천대교의 거대한 교각 옆을 지난다. 거세지는 바람에도 아랑곳 하지 않고 많은 사람들이 갑판에 나와 있는데 사람들이 던져주는 과자를 부리로 채는 갈매기들의 재롱이 이어진다.

이윽고 황해바다에 어둠이 내리더니 암흑 속 망망대해엔 스크류를 움직이는 육중한 엔진 소리만 들릴 뿐이다. 잠을 청하기가 쉽지 않아 휴게실로 나갔다가 일본인 남성(수기하라 키요타카)과 나이가 지긋한

25

여성(노명진)을 만났다. 그 여성은 지리산에서 약초를 연구하며 도가사상에 심취해 있다고 자신을 소개하였는데 흔히 '보따리상'이라 불리는 상인 집단의 장이었다. 그런데 그들은 보따리상이라는 말보다는 '택배사업'이라 부르고 있었는데 보통 '택' 한 자로 줄여 말을 한다.

이들 택배사업은 보통 팀 단위로 활동을 하며 팀당 6~10명으로 구성된다고 한다. 보통 1인당 100kg정도 물량이 할당되며 개인 역량에 따라 200kg까지 가능하다고 하는데 이처럼 팀 단위 외에 개인적인 '택'이 있기도 하지만 팀으로 하는 택배보다는 물량이 훨씬 적다고 한다. 텐진과 인천을 오가는 택 종사자들은 보통 90~100여명 정도인데 이들은 해운사에도 고객일 수밖에 없다고 한다. 왜냐하면 정원이 800명(승무원 100명)인 천인호(전장은 186.5m, 폭은 24.8m에 26463톤. 최대 탑재 능력은 280TEU이며 최대 속력 24노트)는 오늘 승선한 사람들이 고작 243명이니 정원에 턱없이 모자라는 숫자다. 더욱이 택 종사자들까지 포함되어 있어서 순수 승객은 훨씬 적다. 그래서 해운사가 조금이나마 적자를 면하기 위해 상인회와 계약을 맺게 되는데 택 종사자가 고정적으로 배에 타는 대신에 운임을 반으로 할인해 주는 것이다.

한참을 수다를 떨다보니 어느새 벽에 걸려있는 시계가 자정을 가리킨다. 두어 잔 마신 맥주에 눈꺼풀이 밑으로 처지기 시작하고, 하마 입만큼이나 크게 하품까지 하기 시작하는데 하악골에 힘을 주고 머리를 좌우로 흔들어 잠을 쫓아보려 하지만 소용없는 일이다. 고개를 삐쭉 내밀어 주위를 둘러보니 의자에 앉은 채로 눈을 붙이고 있는 몇 사람 말고는 아무도 없다. 정중히 양해를 구하고 자리에서 일어나 졸린 눈을 비벼가며 객실로 돌아왔다.

26

인천항 도크를 미끄러지듯 빠져 나가는 천인호.

보따리상들은 하선 전에 운반에 편리하
도록 개인에게 할당된 짐을 꾸려 놓는다.

## 002
5월 9일

# 대륙으로 향한 출발선 텐진에 도착하다

　밤새 달려온 황해바다. 멀리 텐진항(天津港)이 시야에 잡히기 시작한다. 항구에 가까이 다가서자 국적을 달리하는 많은 선박들이 바쁘게 들락거린다. 대형 크레인들이 줄지어 서있는 항구 한 쪽에서는 부두를 확장하기 위한 공사가 한창 진행되고 있는데 그 속도가 매년 빠르게 이루어지고 있다고 승선한 한국인 승무원이 놀란 표정을 지으며 설명해 주었다.

뱃고동을 울리며 텐진항 여객부두에 도착해 하선을 하자 우리를 안내해 줄 가이드 오윤철, 박은화 두 사람의 재외동포(조선족)가 기다리고 있었다. 반갑게 인사를 나누고 서둘러 짐을 찾았으나 그렇지만 천인호에 함께 실려 온 자동차는 오늘 통관이 어렵다는 통보를 받았다. 도대체 왜 통관이 안 되는지 이유를 알 수가 없어 난감하고 당혹스러움을 감출 수 없었는데 중국 도착 첫날부터 시행착오로 일정에 차질을 빚게 되었다.

안면 표정이 굳어진 채 텐진 시내에 위치한 호텔(勝利賓館)로 이동하여 먼저 근처 탕렌지에(唐仁街)에 있는 음식점을 찾았다. 식당들이 들어선 거리는 새로 정비를 한 듯 조형물들이 세워져 있고 현대식 건물들로 깔끔하게 단장되어 있는데 한글 간판을 내건 식당들도 더러 눈에 띄었다. 허기진 배를 채우고 호텔 객실로 돌아가는 길에 호텔 복도에서 철가방을 들고 가는 한 사나이와 마주쳤다. 말이 통하지 않아 서먹서먹했지만 그는 미소로 인사를 대신하였는데 그의 정체는

28

'난다랑' 이란 상호가 쓰여 있는 철가방
이 왠지 정겨워 보인다.

다름 아닌 룸서비스맨이었다. 객실에서 식당에 음식을 주문하면 이렇게 철가방에 담아 배달해 주는 것이다. 손짓 발짓으로 나누는 대화여서 충분히 이해할 수 없었지만 무엇보다도 철가방이 우리의 것과 생김새가 똑같아서 전혀 낯설지 않았다.

식사 후 늦은 시간이었으나 대원 일부를 먼저 베이징(北京)으로 이동시키기로 결정하였다. 왜냐하면 일정이 정해져 있었기 때문에 차가 통관될 때까지 하루라도 마냥 손 놓고 기다릴 수가 없기 때문이었다. 그래서 대원 일부는 텐진에 남아 차량 통관에 만전을 기하기로 하고 나머지 대원은 가이드 박은화씨와 함께 택시를 대절

해 베이징으로 출발하였다.

베이징으로 달려가는 택시 안이 어찌나 비좁던지 뒷좌석에 탄 사내 세 사람은 달리는 내내 불편을 감수해야만 하였다. 소형택시 인데다가 좌석의 쿠션은 엉망이었고 게다가 짐까지 실려 있어 꼼짝달싹도 할 수 없었는데 3시간 이상을 달려가는 동안은 거의 고문수준이었다. 게다가 텐진-베이징간 고속도로의 1차선은 마치 화물차들의 전용도로인 양 운전자들은 앞뒤 상황을 가리지 않고 마구 끼어들고 있고 과속은 당연한 것이라 상당히 불안을 가중시킨다. 대한민국 운전면허도 어디가면 빠지지 않는 면허이거늘 심상치 않은 택시의 안과 밖의 상황에 정말 머리카락이 쭈뼛거릴 정도로 어깨가 움츠러든다. 좁아터진 택시에서 허리 한 번 제대로 펴지 못하고 야심한 밤에 도착한 베이징의 호텔(國際竹藤大厦) 방에 들어서자마자 지쳐버린 몸을 아무런 조건 없이 온전히 침대에 맡기고 말았는데 대륙에 발을 들여놓자마자 곤욕부터 치루고야 말았다.

자동차 통관이 보류됐다는 말에 대원들의 표정이 돌처럼 굳어져 있다.

# 베이징 거리를 누비는 현대차

텐진에서 한밤중에 택시로 고속도로를 힘겹게 달려 베이징에 도착한 곳은 왕징(望京)이란 도시였다. 왕징은 한국 사람들이 많이 거주하는 곳으로 인구는 약 200만 정도이며 '베이징을 바라보다' 라는 뜻을 담고 있는데 예전엔 황제가 머물고 있는 자금성만을 베이징이라고 불렀기에 신하들이 그쪽을 바라보며 황제를 그리워했다고 해서 그런 명칭이 붙여지게 되었다고 한다.

베이징에서의 첫 번째 일정은 중국의 심장을 달리고 있는 우리나라 상표를 단 자동차들의 모습을 카메라에 담는 것이었다. 놀랍게도 도로 곳곳에서 내로라하는 세계의 유수한 자동차들보다도 많이 달리고 있는 우리의 낯익은 브랜드를 볼 수 있었다. 특히 '베이징현대(北京現代)' 란 상표를 달고 있는 택시들은 그 숫자가 대단히 많은데 베이징에는 약 80,000대의 택시가 거리를 달린다고 한다. 그 중 노후한 67,000대의 약 2/3 가량을 현대차로 바꿀 예정이라고 한다. 2002년부터 성장하기 시작한 중국의 자동차 시장은 연평균 15~20%의 높은 성장률을 보이며 잠재가치에 이목을 집중시키고 있다.

텐안먼 광장에 세워져 있는 공안(경찰)차도 다름 아닌 현대차다.

　이렇게 중국 자동차 시장에서 괄목할 만한 브랜드 중에 하나가 바로 순이구(順義區)에 있는 베이징현대자동차인데 생산공장을 방문한 대원들에게 홍보과(公共關係科)에 근무하는 해외동포(조선족) 최란 씨는 꼼꼼하고 친절하게 안내해 주었다. 기계소리가 요란하게 울리고 있는 조립라인에는 로봇과 사람이 어우러져 한 치의 오차도 없이 작업에 임하고 있으며 조립을 마친 완성차들은 미끄러지듯 줄줄이 쏟아져 나온다. 2006년에는 29만대를 생산하였고 2007년도엔 30만대 생산을 목표로 하고 있다고 하는데 한 개의 라인에서 6개의 모델이 생산된다고 한다. 아울러 30만대 규모의 제2 공장이 2008년을 목표로 건설 중에 있어 총 60여만 대의 생산규모를 갖추게 되는데 이렇게 되면 명실상부하게 세계적 자동차 브랜드로 우뚝 설 것이라고 한다.

조립라인에서 로봇이 차체에 타이어를 끼우고 있다.

중국의 실리콘 밸리로 불리는 쭝관춘(中關村)의 IT매장을 잠시 둘러본 후 40만 명을 수용할 수 있다는 텐안먼(天安門) 광장으로 자리를 옮겼다. 정말 너른 광장엔 내국인은 물론 많은 관광객들로 북새통을 이루고 있었다. 15세기에 지어진 텐안먼은 대로를 사이에 두고 군사박물관, 모택동 기념관, 인민대회당 등과 마주하고 있는데 중국에서 발생한 커다란 사건들, 예를 들어 1949년 중화인민공화국 창설, 1966년 문화혁명, 1989년 민주화를 외친 텐안먼 사태, 최근 팔룬공 문제 등까지 지켜보아야 하였다. 1976년 모택동이 사망했을 때는 백만 인파가 몰려 경의를 표하기도 하였다는데 그 만큼 중국 근현대사의 격동의 세월을 증거하고 있는 곳이다.

개량 한복을 입고 손님을 맞이하는
식당 종사자의 표정이 무척 밝다.

텐안먼을 뒤로하고 뉘렌지에(女人街)에 있는 북한 음식점 '유경식당'을 찾았다. 개량 한복 한쪽 가슴 위에 김일성 배지를 달고 있는 종업원들은 키가 그리 크지 않았지만 굽이 높은 구두를 신고 있었는데 가벼운 화장에 모두들 상냥한 미소와 나긋나긋한 이북사투리로 음식 시중을 든다. 게다가 손님들의 농담에도 눈 하나 깜짝하지 않고 세련되게 받아넘긴다. 평양 랭면과 순대 그리고 오색청포묵을 주문했는데 김치는 씹으면 씹을수록 아삭아삭한 것이 신원했으며. 순대는 보통 우리가 먹는 맛과는 사뭇 다른데 속이 시커멓지만 깊은 맛이 난다. 오색청포묵 또한 묵발이 쫄깃쫄깃 하고 긴데 다섯 가지 야채와 어우러져 담백한 맛을 낸다. 뭐니뭐니해도 세 가지 고기로 육수를 낸 냉면이 단연 압권이었는데 종업원들이 손수 손님자리에서 젓가락으로 면을 풀어준다. 면을 자르기 위해 가위를 달라고 하였더니 면을 자르면 복(福)과 명(命)이 달아나서 그냥 먹어야 한단다. 그러면서 국물도 그릇 바닥에 얼굴이 비치도록 싹 다 마시라며 나무라듯 권한다.

식사를 마치고 기념사진을 함께 찍자고 하였더니 흔쾌히 포즈를 취해주는데 지난 1995년 백두산(白頭山) 가는 길에 연길시에 있는 한 북한 식당을 찾았을 때 느껴지던 무겁고 경직된 분위기와는 전혀 다르다. 활달하고 명랑하며 아주 적극적인데 이들의 환하게 웃는 모습에서 이념의 갈등과 차이는 좀처럼 찾아보기 어려웠다.

004
5월11일
One World One Dream
공사 중인 베이징 올림픽 주경기장.

텐진항에 묶여 있는 자동차 통관이 쉽지 않은 모양이다. 인민폐 40만 위안(우리 돈 약 5,000만원)이라는 거금의 돈을 먼저 예치해야만 한다고 하는데 중국에서 촬영 전반에 걸쳐 책임지고 지원해 줄 광전 총국(國家廣播電影電視總局)이 전적으로 나서서 해결해 주어야함에도 제대로 협조가 이루어지지 않고 있다. 지푸라기라도 잡는 심정으로 베이징에 있는 우리 대사관, 현대 자동차 관계자들에게 도움을 요청해 보았지만 이 또한 쉬운 일이 아니었다. 자동차가 통관이 늦어지면

늦어질수록 일정에 커다란 차질이 생기는 것은 불 보듯 뻔한 일이니 점점 마음이 다급해진다.

택시를 잡아타고 공사가 한창 진행 중인 2008년 하계 올림픽 메인 스타디움을 찾았다. 건설 중인 스타디움 근처에는 여러 가지 공사가 복합적으로 이루어져 대단히 복잡하다. 공사장 안으로 들어가 볼 수는 없었지만 타원 형태의 메인스타디움은 모양이 거의 갖추어져 가고 있었다. 육중한 철제 빔의 외형은 마치 대나무로 엮어 만든 바구니와 같기도 한데 도자기의 투각기법처럼 속이 숭숭 뚫려 입체감이 한층 강조되어 웅장하다. 이 주 경기장은 세계적인 스위스의 건축회사 헤르조그 & 드뫼롱(Herzog et de Meuron)이 설계에 참여하였는데 일명 새둥지(Bird Nest)라고 불린다.

이미 발표한대로 제 29 회 하계 올림픽은 2008년 8월 8일에 개최될 예정인데 그 날짜에 나타난 숫자를 보면 중국 사람들이 8자를 얼마나 좋아하고 있는지 알 수 있다. 우리는 보통 9자를 선호하지만 중국 사람들은 8자, 6자를 좋아한다. 숫자 8(八)은 중국 발음으로 '빠'인데 빠는 '돈을 많이 벌다', '부자가 되다' 라는 화차이(發財)의 '화'와 발음이 유사하여, 그리고 6(六)은 발음이 '류'로 '일이 잘 풀리다', '일이 잘되다' 라는 '류류따순(六六大順)'과 발음이 같아 좋아한다고 한다. 반대로 4자와 7자는 싫어하는데 '죽는다' 는 '사(死)'와 숫자 '4(四)가 '쓰'로 발음이 같아 싫어하며 숫자 7은 발음이 '치'로 '화를 내다' 라는 '썽치(生氣)'의 '치'와 발음이 같아 역시 싫어한다고 한다. 서양에서는 '럭키세븐(lucky seven)' 이라고 해서 행운의 숫자 7을 선호하는 것을 보면 역시 문화와 관습에 따른 차이가 이렇게 숫자에서도 판이하게 나타나는 것을 볼 수 있다.

올림픽이 열리기 전까지는 15개월 정도 남겨 놓고 있지만 베이징

시내에서 올림픽 열기를 좀처럼 느낄 수 없다. 15개월이란 시간이 아직은 중국 사람들에게 만만디(慢慢地)로 생각될지도 모르겠다. 물론 곳곳에 신축 건물들이 우후죽순처럼 들어서고 있고 TV에서는 연일 홍보방송을 내보내고 있지만 시민들의 표정이나 거리의 분위기에서 여전히 관심이 떨어지는 인상을 받는다. 우리의 88년도 서울올림픽 때는 정부의 주도하에 대중매체가 앞장서 대대적으로 국민행사로서 분위기를 이끌었던 것에 비하면 너무나 조용하다. 2~3일간의 짧은 체류기간에 베이징을 읽을 수는 없지만 그래도 명세기 세계인의 축제 마당인데 서울 올림픽 분위기와는 사뭇 다르다. 물론 그들 나름대로 풀어나가는 방식이 있겠지만 어째든 올림픽이 끝나면 베이징은 또 한 단계 업그레이드가 되어 국제도시로서 면모를 갖추게 될 것이다. 올림픽 스타디움이 한창 건설 중인 공사장 벽에는 2008년도 하계 올림픽 표어가 적혀 있다.

"同一介世界 同一介夢像  One World One Dream"

방송탑 노천요망평대에 오르면 올림픽 성공개최를 위한 다양한 행사를 경험할 수 있다.

# 중국의 자존심 만리장성에 서다

파란 하늘에 엷은 흰 구름이 붓질한 듯 떠다니고 눈이 부시도록 따갑게 내리쬐는 햇볕은 손 하나로 가리기에는 역부족이다. 발품을 팔아 먼저 찾은 곳은 높이가 400m가 넘는 중앙방송탑이었다. 방송탑 입구 계단 좌우에는 비상이라도 할 듯한 커다란 두 마리 용 조각이 차지하고 있는데 보수공사를 하느라 비계가 설치돼 있다. 입장료(50위안)를 내고 들어선 일층 로비 전면에도 십장생을 주제로 한 부조벽 있으나 자세히 살펴볼 겨를도 없이 사람들의 물결에 떠밀려 곧바로 엘리베이터를 타고 238m 노천요망평대에 올라 베이징시를 둘러보았다. 강한 바람을 주의하라는 안내문을 확인이라도 시켜주듯 몸을 주체하기 힘들 정도로 바람이 세차게 분다. 동서남북 사방을 둘러봐도 산이라고는 북서쪽에 낮은 구릉이 조금 눈에 띌 뿐 들쑥날쑥한 건물의 실루엣이 수평선을 대신한다. 우리나라 수도 서울의 N타워에서 보는 서울 전경은 이에 비하면 소박하게 느껴진다. 비록 아파트로 꽉 채워진 회색도시이기는 하나 그래도 주변엔 수려한 산들이 둘러싸고 있고 한강 줄기가 한 가운데를 관통하고 있어 그런대로 아기자기한 맛을 느낄 수 있다. 또한 에펠탑에서 파리 시내의 전경을 바라보노라면 방사상으로 잘 발달된 키 작은 건물들이 초록색과 어우러진 도시 경관을 맛볼 수 있는데 베이징은 서울처럼 아기자기하지도 파리만큼

36

도시계획이 눈에 드러나지도 않는다. 베이징은 자금성을 중심으로 환(環) 구조의 도로 망으로 연결되기는 하나 여전히 교통문화에 대한 인식부족과 많은 사람과 차량들로 붐비고 있어 복잡하기만 하다.

방송탑을 내려와 서둘러 만리장성으로 향하였다. 만리장성은 동부 해안 산하이관(山海關)에서 고비사막 자위관까지 이르는데 베이징의 만리장성에 오르는 길은 보통 팔달령(八達嶺), 수관, 가미관 등이 개방 되어 있다. 특히 교통이 사통팔달했다는 데서 유래한 베이징의 서북 쪽 70km에 위치한 팔달령 장성에 관광객들이 많이 찾고 있다.

장성 입구의 주차장엔 관광객들을 태우고 온 버스나 승용차 등의 차량이 꽉 차있어 주차하기가 힘들 정도다. 게다가 주차장 앞으로 죽 늘어선 음식점에는 여성들이 나와서 이미 내용이 녹음돼 있는 핸드 마이크를 들고 호객행위를 하는데 그 소리들이 동시에 울려 마치 새 들이 떼를 지어 우는 소리처럼 들린다. 장성은 걸어서 오르기도 하지 만 대부분 관광객들은 케이블카를 이용한다. 입장료가 45위안인데 비해 케이블카 이용료는 편도 40위안, 왕복 60위안을 받는다. 쉴 새 없이 케이블카가 사람들은 날라도 족히 30분 이상을 기다려야 한다. 그런데 줄지어 서있는 많은 관광객 중에 절반이 한국 사람일 정도로 곳곳에서 우리나라 사람들을 만나게 되는데 길거리에서 물건을 파 는 현지 사람들조차 "1개 천원, 오백 원…"이라고 물건 값을 우리말 로 외친다.

낙서로 얼룩진 케이블카에서 내려 장성으로 오르는 입구에 서면 '지시패 호한파(指示牌 好漢坡)입구' 라는 작은 안내판이 걸려 있다. 이 것은 해발 888미터 장성 꼭대기에 마오쩌뚱(毛澤東) 어록에서 차용한 '불도장성 비호한(不到長成 非好漢)' 이라고 써놓은 비를 가리키는 말로 '장성에 와보지 못한 사람은 진정한 사나이가 아니다' 라는 뜻인데 중국 내에서도 많은 사람들이 이 글을 보기 위해 이곳을 찾는다고 한다. 하지만 숨을 헐떡거리며 돌계단을 따라 걸어 올라가 정작 이 비 앞에 서게 되면 기념사진조차 찍을 수 없다. 파랑색의 등산복 상의를 입은 예닐곱 명 쯤 되는 사람들이 비 앞을 막아선 채 관광객들에게 사진을 찍어 주며 돈을 받기 때문이다. 더욱 놀라운 것은 컴퓨터 등 시스템을 갖춰 놓고 디지털 카메라를 이용하여 촬영 후 바로바로 출력까지 해주고 있는데 모택동 어록은 어느새 그들의 전유물이 되고 말았다.

장성에서도 상혼이 유감없이 발휘되는데 즉석에서 사진을 찍고 출력을 해준다. 프린터 뒤로 호한파 비가 보인다.

저 멀리 가물가물 끝없이 이어지는 장성은 능선을 오르내리며 공룡의 등줄기처럼 펼쳐지는데 가파른 산등성이를 타고 만리나 쌓았다고 하니 우선 그 규모에 놀라지 않을 수 없고 게다가 장성을 꽉 메운 관광객 수에 또 한 번 놀라게 된다. 중국의 자존심으로 불리는 이 장성은 달에서 보이는 지구상의 유일한 인공건축물이라고 하는데 우리가 앞으로 거쳐야할 허시저우랑 넘어 천하제일웅관 자위관까지 6,000여km나 장구하게 뻗어 있다.

산등성이 넘어 구불구불 자위관까지 이어지는 만리장성은
북방오랑캐(흉노)의 침입을 막기위해 세워졌으나
오늘날엔 관광명소로 많은 사람들이 찾고 있다.

# 명품 상표가 넘쳐나는 짝퉁시장

40

일요일 아침 일명 짝퉁시장이 있는 슈수이지에(秀水街, Silk Street)를 찾았다. 우리나라 동대문이나 남대문처럼 잡화상점들이 한 곳에 모여 있는 곳인데 지하 1층, 지상 5층의 건물에 들어선 약 2,000여 개의 점포에는 외국의 유명브랜드 즉, 명품을 흉내 낸 상품들을 진열대에 채운 채 손님을 맞이하고 있다. 시계, 선글라스, 신발, 가방, 옷, 쥬얼리… 없는 것이 없으며 내국인은 물론 외국인들도 상당수 차지한다. 이따금씩 한국 사람들의 흥정하는 목소리도 여기저기서 들리는데 이곳 상점들 중에는 아예 한국어 간판을 내건 곳도 있다.

물건을 흥정할 때 중국어를 할 줄 알면 더할 나위 없이 좋겠지만 그렇지 않을 경우 영어단어 만이라도 늘어놓으면 한 결 수월한데 그것도 역부족이면 그때는 최후의 수단인 만국공용어 보디랭귀지를 사용하는 수밖에 없다. 손가락을 꼽아가며 고개를 끄덕이다가 때론 가로젓고… 하지만 이곳 상인들은 가격을 말하기 전에 먼저 눈으로 고객을 대하고 있다. 그만큼 눈치 하나로 고객들이 원하는 것을 재빨리 읽어낸다. 그런데 이곳에서 철칙은 절대로 부르는 대로 값을 치러서는 안 된다는 것이다. 흥정은 반드시 거쳐야하는 필수과정이다. 부르는 값에 반에 반, 심지어 또 반을 깎아도 상점을 돌아서 나올 때는 왠지 바가지를 쓴 기분이 든다.

눈길이 가는 선글라스가 있어 가격을 물어보니 560위안, 우리 돈으로 대충 7만 원 정도이다. 인내심으로 버티며 몇 번의 가격 실랑이 끝에 100위안(우리 돈 13,000원)에 구입하였다. 많이 깎은 것 같아 뿌듯해 하면서 호텔(北京貴州大廈)로 돌아와 자랑삼아 얘기했더니 3,40위안은 더 주고 산 것 같다며 웃는다. 저렴한 가격에 명품을 지니고 싶어 하는 소비자의 심리와 맞아떨어지고 있지만 무차별 짝퉁 제품의 유통은 결국 부메랑이 되어 중국의 이미지에 악영향을 미칠 것이다. 그런 경험은 우리도 겪질 않았는가. 아무튼 중국의 외환보유고가 1조 달러가 넘는 것은 이러한 가격 경쟁력에 바탕을 둔 것이니 우리로서는 긴장하고 경계하지 않을 수 없다.

짝퉁시장을 찾는 사람들 중에는 외국 사람들도 상당히 많다. 이곳에서 흥정은 필수이며 인내심이 요구 된다.

택시를 대절해 오후 시간 내내 베이징 시내를 둘러보며 카메라에 담다가 해가 질 무렵에서야 일과를 마칠 수 있었다. 발품을 판만큼 체력소모도 적지 않은데 점심이 부실했던지 오늘따라 상당히 배가 고프다. 허기진 배를 채우기 위해 호텔 앞에 있는 중국전통 샤브샤브

숙달된 동작을 곡예를 하듯이 연출하며 찻물을 따라준다.

집을 찾았다. 식사를 하기 전에 먼저 차(茶)를 내주는데 한 종업원이 주둥이가 아주 기다란 주전자를 머리 위로 올렸다가, 어깨 뒤로 가져가는 등 다양한 동작을 취해가며 찻물을 따라준다. 이목을 끌기에는 충분해 보이나 글쎄 차맛은 별로 신통치 않다.

끓는 육수에 얇게 썬 생고기를 야채와 함께 넣어 익혀 먹는 것은 다를 바 없으나 다만 익숙지않은 양고기 맛이 색다를 뿐이다. 그동안 소고기나 돼지고기를 선호하다보니 양고기를 가까이 할 기회가 없었는데 아마도 맛보다 먼저 냄새에 관한 선입견 때문일 것이다. 하지만 오늘 처음 경험한 양고기는 맛과 선입견을 뛰어넘기에 충분한 것이었는데 중앙아시아로 넘어가게 되면 식탁에 올릴 양고기를 위해서라도 이제부터 혀를 길들여야만 하였다.

## 007
5월 14일

### 텐진항에 볼모가 된 철낙타

베이징 상환도로에 줄지어 서있는 빌딩들. 우측에 신축중인 cctv 건물이 보인다.

아침 일찍 일어나 서둘러 짐을 챙겨서 국가광파전영전시총국(國家廣播電影電視總局, 약자로 광전총국) 난여우리(南由禮)씨와 함께 텐진으로 출발하였다. 난여우리씨는 광전총국의 처장으로 우리가 중국에 머무는 동안 함께 했던 관리로 그는 이미 우리나라의 몇몇 방송사들과 일한 경험이 있는 사람이었다. 우리는 그를 라오쓰(老師: 우리말로 '선생')라고 불렀으며 그는 우리의 일정을 문제 삼아 자주 불협화음을 일으키기도 하였다. 하지만 식당에는 언제나 한 걸음 먼저 들어가 음식을 주문하였는데 우리의 식성을 훤히 꿰뚫고 있어 입에 맞는 식사를 할 수 있었다.

꽁꽁 발이 묶여 있는 자동차가 통관될 수 있을 것으로 예상하여 남선생(난여우리)과 함께 베이징에서 텐진까지 동행하였다. 오늘은 무슨 일이 있어도 무조건 차가 통관되어야 하기 때문이다. 신용이 상거래의 기본 원칙임은 동서고금을 막론하고 삼척동자도 다 아는 얘기일진데 이번 경우에는 그 거래의 기본이 흔들리고 말았다. 대행사 측에서 막연히 되겠지로 일관하는 등 너무 안일하게 일을 처리했을 뿐만 아니라 책임 또한 상대방에게 전가하고 있어 우롱당하는 기분이었다.

이른 아침인데도 장안대로에는 자동차들이 많이 달린다. 게다가 길 한쪽으로는 출근하는 사람들과 학생들이 타고 달리는 자전거 행렬이 길게 늘어선다. 대로를 따라 차량들과 어우러져 힘차게 자전거의 페달을 밟는 사람들의 모습이 우리네 아침풍경과는 사뭇 다르다. 대로 양쪽엔 고층 빌딩들이 즐비하게 늘어서 있고 빌딩마다 모양이 제각각 특색을 지니고 있어 지루하지 않은데 건물 디자인에 신경 쓴 흔적들이 역력하다. 이렇게 신축중인 빌딩들까지 완공이 되면 장안대로의 그림도 확 바뀌게 될 것이다.

43

차창 밖으로 카메라의 셔터를 눌러대는 사이에 복잡한 도심을 빠져나와 어느새 고속도로를 달리고 있다. 일주일 전 인천에서 텐진에 도착하여 야밤에 택시를 타고 베이징으로 이동할 때는 그저 트럭들이 많다고만 생각하였었는데 아침이라 그런지 텐진-베이징간 고속도로를 달리는 자동차는 그리 많지는 않았지만 사정없이 끼어드는 차량과 1차선을 독식하며 지루하게 달리는 트럭들로 왜 이도로가 이 구동성으로 위험하다고 말하는지를 짐작케 한다. '대형차 우측' 이라는 푯말이 무색할 정도다. 불에 전소돼 도로에 방치되어 있는 차량이 있는가 하면 방금 일어난 트럭 사고를 목격하고는 바로 시선은 전방을 주시하게 된다.

고속도로 양 옆으로는 끝없이 평지가 펼쳐진다. 주변에 산이라고 찾아볼 수가 없다. 오직 시야를 가로 막는 것은 건물들뿐이다. 도로 한쪽에 우뚝 서 있는 대형 간판에는 '중국적(中國的), 세계적(世界的)'이란 문구가 적혀있다. 우리도 한 때는 '가장 한국적인 것이 가장 세계적인 것이다' 라며 세계화를 부르짖던 때가 있었다. 이 드넓은 땅덩어리엔 하루가 멀다하게 그림이 바뀌고 있고 세계 곳곳에 중국제품이 없는 데가 없어 단 하루도 중국제품 없이 살아가기가 쉽지 않을 정도다. 13억 인구를 바탕으로 한 노동력 우위의 경쟁력은 무소불위인데 여기에 기술까지 더해진다면 세계경제에 지각변동이 일어날 것임은 불 보듯 뻔하다. 그들은 이미 유인 인공위성까지 쏘아올린 경험을 가지고 있지 않은가. 사막에 아스팔트를 깔고 샨샤댐을 만들었으며 게다가 4,000m가 넘는 고원에 칭짱철도를 연결하였다. 선진국에서 공부하는 중국유학생들은 해마다 급격히 늘어나고 있다. 이것들은 장차 중국의 막강파워를 엿볼 수 있는 지표들이다.

한참을 세관 문 앞에서 담당자와 실랑이를 벌이며 초조하게 서성

거렸지만 여전히 전해지는 느낌이 좋지 않다. 아니나 다를까. 반드시 통관될 것이라고 믿으며 기대에 부풀었었는데 결국 우리들의 철낙타는 오늘도 찾을 수 없다는 통보를 받았다.

베이징하면 우리의 머릿속을 스쳐지나가는 것 중의 하나가 바로 베이징환띠엔 즉 북경반점이다.

5월 15일

# 마침내 철낙타로 베이징에 입성하다

어제 자동차가 통관이 될 수 있을 것 같았던 기대가 아쉽게도 무산이 되면서 하루를 더 기다려 아침 일찍 세관으로 달려갔다. 오늘은 무슨 일이 있어도 우리의 철낙타를 타고 베이징으로 가야만 한다. 그렇지만 또 어떤 복병이 우리 앞을 가로막고 있을지 걱정을 넘어서 불안하기까지 하다. 하루나 이틀 아니 늦어도 사흘이면 충분히 차를 통관할 수 있을 것으로 예상했었는데 순진하게도 그것은 우리의 바람일뿐이었다.

시간은 점점 흘러가고 차는 묶여 있고… 그렇다고 문제점이 무엇인지 명확하게 드러나는 것도 아니고 한마디로 안개 속이다. 서류상의 하자가 있는 것이 아니라 절차상의 문제라고 하는데 도대체 무엇이 문제인지 그들의 속내를 모르겠다. 책임지고 대행 업무를 맡고 있는 여행사 측과 광전총국에서 세관의 시스템을 숙지하지 못한 것이 큰 문제였다.

남선생이 준비한 돈이 약발이 먹혔는지 드디어 오후가 되어서 우여곡절 끝에 중국 입국 7일 만에 애간장을 태우던 우리의 철낙타들이 텐진 세관을 빠져 나왔다. 호텔입구에 주차해 있는 차를 본 순간 마치 오랫동안 떨어져 있다 재회하는 연인만큼이나 눈물이 날 정도로 반갑고 흥분되었다. 차체에 뽀얗게 앉은 먼지를 털어내고 그동안 호텔에 맡겨 두었던 짐을 찾아 트렁크에 실었다. 임시번호판을 교부받았으나 운전면허증이 없었기 때문에 현장에서 기사들을 고용하여 비가 추적추적 내리는 텐진 시내를 벗어나 베이징으로 달려갔다.

심야에 도착한 베이징은 매우 복잡하였으며 밤거리 풍경 또한 네온사인으로 현란하다. 고층빌딩 사이로 난 길을 따라 예약된 호텔을 물어물어 가길 몇 번, 물론 가이드가 동행을 하고 있지만 야심한 밤에 복잡한 길을 찾아가기란 그리 쉬운 것이 아니었는데 마침 대하(大廈)란 간판이 붙어 있는 호텔로 들어섰다. 중국에서 호텔 명칭은 반점(飯店), 주점(酒店), 빈관(賓館), 대하(大廈) 등으로 다양하게 불린다. 반점이나 주점은 우리에게도 낯이 익은 용어다. 그러나 여기서 반점은 음식점, 주점은 술집으로 이해하면 곤란해진다. 베이징에서 유명한 북경반점(北京飯店)은 동네의 중국음식점 상호가 아니라 5성급 호텔이다. 빈관은 한자를 풀면 '손님이 머무는 곳'이며 대하는 '커다란 집'이란 뜻으로 호텔을 의미하는데 하지만 사용 용도에 따라 호텔일수도 음식점일 수도 있다고 한다. 물론 회관(會館)이나 여관(旅館) 등의 간판도 눈에 띠는데 이들보다 급이 한참 떨어지는 숙박업소이다.

대원들을 잠시 실의에 빠뜨렸던 철낙타들이 이제 우리의 품속으로 돌아왔다. 그리고 베이징에 입성하였다. 이제부터 우리의 여정이 본격적으로 시작될 것이다. 본래 계획에서 다소 일정이 어긋났지만 이 작은 시련은 남은 여정을 위한 액땜으로 단지 통과의례일 뿐이다. 내일이면 베이징을 떠나 수천 년의 역사를 간직하고 있는 고대 실크로드의 출발선에 접어들게 될 것이다. 동서 문명교류의 길, 유라시아 대륙! 그 길을 우리가 달릴 것이다.

## 009
### 5월 16일

## 임시 운전면허증을 교부 받다

아침식사를 끝낸 후에 가벼운 복장으로 두 동포 가이드와 함께 곧장 신체검사를 받기 위해 근처 병원으로 향하였다. 15분 쯤 걸어서 도착한 베이징시수양유의원(北京市垂楊柳醫院) 즉 병원에서 간단한 신체검사를 받았는데(10위안) 시력검사와 색맹검사가 전부였지만 거의 형식적인 수준이었다. 신체검사 결과표를 받아들고 베이징시 공안국 공안교통관리국 외사과로 이동하여 창구에 신체검사 결과표와 여권을 제시하고 임시면허증을 교부 받았다.

하지만 발급시간은 생각보다 오래 걸렸다. 남선생과 가이드 오은철 씨가 창구에서 바쁘게 움직이며 때로는 무엇인가를 열심히 설명하였는데 까다로워 보이지는 않았지만 이것저것 뭔가 요구사항이 많아 보였다. 교통관련 부서답게 사무실에는 음주운전과 도로교통 안전에 대한 홍보를 모니터를 통해 반복적으로 보여주고 있는데 베이징에서도 음주운전으로 인한 교통사고로 많은 희생자가 발생하고 있음을 알 수 있다.

48

임시번호판

임시운전면허증

임시 운전면허증을 들고 호텔로 돌아와 근처 식당에서 간단히 점심식사를 하고, 라면을 비롯한 비상식량과 필요한 물건을 구입하는 등 다시 한 번 짐을 정리하고 베이징을 떠날 준비를 하였다. 임시번호판을 차량 앞쪽 유리창 아래에 부착을 하고 차에 시동을 걸었다. 부르릉~ 엔진소리가 아주 경쾌하다. 워키토키의 신호음이 켜지면서 곧 출발신호가 떨어졌다.

올림픽 스타디움을 거쳐 시안을 향하여 달리기에 앞서 베이징 현대자동차 정비소에 들러 차량정비를 받았다. 베이징 근무 4~5년차인 신승대 과장으로부터 간단한 안내를 받았는데 이 정비공장은 1994년도에 설립을 하였으며 하루에 90~100대 정도 정비를 하고 있고 30대 정도가 동시에 정비가 가능하다고 한다. 아울러 정비교육센터도 함께 운영하면서 1년에 1,500명 정도 정비사들을 재교육 시킨다고 하는데 이제는 차만 판매를 해서는 고객을 감동시킬 수 없으며 치열한 경쟁에서 살아남으려면 차별화되고 전문화된 시스템을 갖추어야 한다.

철낙타의 차체를 차례로 들어 올려 가면서 꼼꼼하게 살펴보던 정비사가 크게 문제될 것이 없다며 상태가 양호하다고 한다. 이제 겨우 3,000Km 정도 밖에 운행하지 않은 새내기 차였지만 그래도 혹시나 하는 마음에 정비공장을 찾은 것이다. 이제 베이징을 떠나야할 시간이다. 중국에 도착한 이래 여러 가지 도움을 주었던 가이드 박은화씨와도 아쉬운 작별인사를 하였다. 오후 5시 정비소 직원들의 뜨거운 박수를 받으며 정비소를 빠져나와 베이징 도심을 거쳐 시안으로 가는 경석(京石)고속도로를 올라탔다. 이 도로는 베이징에서 스좌창(石家庄)까지 약 300여 km 연결되어 있는데 시원하게 뚫린 4차선 도로를 우리들의 철낙타가 거침없이 달려 나간다. 철낙타의 심장 뛰는 소리만 들어도 힘이 솟는다.

49

# 하루를 달려 도착한 고대도시 시안

동도 트지 않은 새벽에 일어나 서둘러 짐을 챙겨 출발하였다. 대원 모두들 피곤한 표정들이다. 지난밤 12쯤에 들어선 호텔, 아니 정확하게는 회관이다. 원래는 스좌창에서 하루를 묵기로 하였으나 고속도로를 달리다 그만 출구를 지나쳐 이곳 웬시현(元氏縣)까지 오게 되었는데 암흑 같은 어둠 속에서 겨우 찾은 곳이 우리나라 여인숙 수준의 허름한 회관(會館)이었다. 물론 값은 아주 저렴하였지만 열악한 시설에 잠을 설칠 수밖에 없었다.

다시 고속도로를 달려가는 자동차 차창 밖으로 드넓은 밀밭이 펼쳐진다. 이곳 허베이성(河北省)은 밀의 주요산지로 1년에 2모작이 가능하다고 한다. 아직 수확기가 아니라서 들녘은 푸른색을 띠고 있는데 곧 수확기가 다가온다고 한다. 아마 그때가 되면 이 벌판은 온통 황금물결로 파도가 칠 것이다. 그런데 이렇게 평화롭게 보이는 곳에도 한때는 시련을 겪었다고 한다. 1976년 당시 허베이성을 강타한 탕산(唐山) 지진으로 24만 명의 목숨을 잃었다고 하는데 베이징과 텐진 사람들까지 놀라 집안에 들어가지 못하고 길에서 텐트를 치고 잠을 자야만했다고 한다.

새벽녘에 출발하느라 아침식사를 하지 못하였는데 도중에 싱타이 휴게소(邢臺服務區)에 들러 간단한 식사를 하였다. 아직 중국음식에 적

응을 못하지 못한 터
라 먹는 둥 마는 둥
삶은 계란 두어 개로
대신하였다. 휴게소
음식에 눈길이 안 가
는 것은 맛보다도 먼저

4성급인 싱타이 휴게소 식당의 위생상태는 좋아
보이지 않았는데 어쩌면 선입견때문인지도 모른다

위생상태를 확인하는 예리한 눈(?)때문이었다. 그릇이 제대로 닦였
는지, 수저는, 컵은… 온통 미심쩍은 눈초리 때문에 대뇌에서 음식
에 대한 접근을 불허한다. 주위 환경이나 시설물에서 그리고 사람들
이 인식하고 있는 정도도 아직은 안전을 인정할 수 없기 때문이다.
더욱이 음식이 바뀌고 물을 갈 때 자칫 수반되는 부작용은 여행에 치
명적 손상을 가져오기 때문에 조심할 수밖에 없다.

　햇볕이 강하게 내리쬐는 오후, 가속페달을 밟아 가능한 빠른 속도
로 달려 나갔다. 시안까지는 아직도 먼 길이기에 좀 서둘러야만 하였
다. 어찌된 일인지 뤄양(洛陽) 쯤에 오니 밀밭의 색깔이 달라졌다. 위
도가 낮아진 만큼 기후가 다른 모양이다. 푸른색이던 밀밭은 어느새
누런 황색으로 변해 있었다. 드넓은 구릉의 요철을 타고 마치 한 폭
의 그림으로 다가온다. 이미 태양은 서산에 지고 석양은 붉게 물들어
가는데 누구보다도 수확기를 앞둔 농부의 마음이 풍성해 질 것이다.

51

중국의 화장실은 많이 개선되었으나 도
심을 벗어나면 여전히 전근대적이다.

　어느덧 고속도로에도 땅거미가 내리고 자동
차에서 토해내는 불빛만이 길을 밝혀준다. 산
멘시아(三門峽)를 지나 얼마를 달렸을까. 저 멀
리 어둠에 싸인 시안의 스카이 라인이 시야에
들어온다. 베이징에서 1,300여 Km를 달려 드
디어 당나라의 고대도시 창안(長安)에 당도한 것

이다. 톨게이트에 들어서자 풀어졌던 눈에 힘이 간다. 예약된 숙소로 가는 길을 이리저리 돌아, 묻고 또 물어 갔다. 겨우 호텔을 찾아 들어 갔을 때에는 샤워를 할 겨를도 없이 파김치가 된 몸을 침대 속으로 밀어 넣고 말았다.

## 011
### 5월 18일

# 리샌 묘에 그려진 한반도인

52

시안(西安)에서의 첫 날은 무척이나 상기된 채 시작되었다. 시안은 동서 교류의 중요한 역할을 했던 실크로드의 기점으로 당(唐)나라 때는 창안(長安)으로 불렸으며 아테네, 로마, 카이로와 함께 세계 4대 고도(古都)로 꼽힌다. 중국고대 13개의 왕조가 도읍을 정하거나 정권을 세웠으며 1,100여년의 역사 속에 가장 흥성했던 왕조 중에 하나인 당나라 창안성은 그 크기가 동서 10km, 남북 8km에 이르렀으며 면적은 한대 창안성의 2.4배, 명, 청대 창안성의 9.7배에 달하였다. 인구도 무려 100만 명이 넘었고 외국 사신들의 수가 5천명에 이를 정도로 국제화된 도시였다.

봄날 따가운 햇살을 받으며 먼저 방문한 곳은 구석기 시대부터 명, 청 시대까지 산시(陝西), 시안지역의 유물들을 전시하고 있는 시안역사박물관이었다. 차량들로 가득 찬 주차장을 지나 관람객들과 줄지어 입장해 유물전시실로 발길을 옮기자마자 눈길을 사로잡은 것은 당 고종 무측천의 일곱째 아들 장회태자 리샌(李賢)의 묘 벽화에 그려진 '예빈도(禮賓圖)'였다. 전시된 벽화는 진품이 아니라 복제품으로 장회태자가 생전에 외국의 사절을 맞이했던 사실을 기록한 것이다. 그림 속 여섯 명 중 네 번째 머리가 벗겨진 사람은 로마인이고 그 옆에 새의 깃털을 모자에 꽂은, 즉 조우관(鳥羽冠)을 쓴 사람이 바로 한반도에서 온 사람으로 알려져 있는데 삼국시대 중 어느 나라에서 온 사신인지는 여전히 논란거리이지만 이곳의 유물 해설사는 그를 신라인이라고 소개하였다.

당시 삼국시대 사람들의 복장을 살펴보면 가장 특징적인 것 중에 하나가 바로 조우관이라 할 수 있다. 조우관은 특히 고구려의 고분벽화에 잘 나타나 있는데 삼국시대 벼슬아치들은 관모에 새의 깃털을 꽂아 벼슬의 높고 낮음을 나타내었다. 부여박물관에는 다음과 같이 백제 사신을 설명하고 있는데 중국 양(梁)나라의 원제(元帝) 소역(蕭

예빈도

繹)이 그린 양직공도에서 백제 사신
은 소매가 넓은 두루마기와 폭이 넓
은 바지를 입고 관모와 검은 신을 신
고 있으며 두루마기의 길이는 무릎
까지 내려오고 허리에서 띠로 고정
시키고 있음은 물론 관모에는 두 줄
의 끈을 달아 턱밑에서 맸음을 알 수
있다. 이처럼 양직공도에 나타난 백
제 사신의 복식은 고구려 고분벽화
속의 복식과 유사한데 중국 수서(隋
書)에 의하면 백제의 의복이 고구려

와 비슷하고, 신라의 의복은 고구려, 백제와 같다고 하였는데 당시
삼국이 비슷한 복식문화를 형성하고 있었음을 알 수 있다. 따라서 리
샌 묘에 그려진 사신이 어느 나라 사람인지는 정확히 알 수 없으나
한반도 출신임은 분명하다.

이외에도 주(周)나라 갑골문자나 한(漢)나라 채색병마용을 비롯하여
당삼채 등이 눈길을 끄는데 특히 토용 중에는 눈이 쑥 들어가고 부리
부리한데다 코가 높고 수염이 덥수룩한 외모를 지닌 인물이 삼채로
빚어진 말(馬)아래 서 있는데 경주 괘릉의 서역 무인상과 거의 유사한
모습이어서 흥미를 더해 준다. 한반도 인이 이곳 벽화에 남아있고 서
역인의 모습이 경주에서 확인되는 것은 바로 실크로드가 이곳 창안
을 거쳐 한반도까지 연장되고 있었음을 보여주고 있는 단적인 예라
할 수 있다.

박물관을 나와 시안 시내에 있는 한 식당으로 자리를 옮겨 점심식
사를 하였다. 기름기가 많은 중국음식이라 걱정이 앞서지만 오늘은

54

짜쨩미엔(炸醬面)이 식탁에 올라왔다. 이름이나 발음에서도 알 수 있듯이 우리나라의 자장면과는 사촌쯤이 아닌가 싶은데 작은 사발에 담겨진 면과 장이 약간은 다른 모습이다. 우리나라 북경반점에는 이런 종류의 자장면은 분명히 없다. 그리고 우리식 자장면도 중국 북경반점(베이징의 5성 호텔) 어디에서도 찾을 수 없기는 마찬가지이다.

짜쨩미엔. 면에 장을 얹어 비벼서 먹는다.

간단히 식사를 마치고 한 낮의 뜨거운 태양빛을 받으며 진시황제의 병마용으로 달려갔다. 진시황제의 커다란 석상 앞을 지나 전시관 안으로 들어서자 조선족 가이드(이춘봉)는 병마용을 내려다 볼 수 있는 발코니 한 쪽을 가리키며 김대중, 노태우전 대통령이 사진을 찍었던 자리라며 그 자리에서 사진 찍을 것을 권한다. 발코니 바로 밑에는 새우 눈을 뜬 공안들이 관람객을 예의주시하며 왔다갔다 시계추처럼 움직이며 경비를 서고 있는데 살아 움직이는 공안보다도 흙으로 만든 군인들이 더욱 위압적이다. 그들의 표정과 동작 하나하나가 마치 살아 움직이듯 생동감이 넘쳐난다. 그들은 여전히 진시황을 호위하며 타인의 접근을 불허한다.

이 병마용은 흙을 빚어 만든 병사와 말들로 진시황 사후에 무덤을 지키기 위해 제작한 것으로 1974년 봄 임동현 서양촌의 농민 양쯔화 (楊志發)가 우물을 파던 중 발견되었으며 세계 8대 불가사의로 꼽힐 만큼 거대한 규모와 정교함을 갖추고 있다. 서안 시내에서 동북쪽으로 약 30km, 진시황릉에서 북동쪽으로 1.5㎞ 떨어진 곳에 위치해 있는데 지금까지도 발굴이 진행 중이다.

발굴된 병마용 갱은 총 3개의 전시관으로 이루어져 있는데 수천 명의 보병과 1백여 대의 전차로 형성된 군단이 배열되어 있는 1호 갱이 규모가 가장 크며 동서 약 230m, 남북으로 약 62m로 총 면적은 12㎢ 정도이다. 2호 갱은 1976년에 발굴한 것으로 면적이 약 6,000 ㎡이며, 목재 전차 89량과 말이 끄는 전차 356대, 전차병 261명과 기병 116명, 보병 562명과 대형 금속병기가 발굴되었다. 1980년에 발굴된 3호 갱은 면적이 520㎡이며, 장수의 군지휘부와 호위병들뿐만 아니라 사슴 뼈나 동물 뼈 등이 발견되었다. 병마용 전체적으로 8,000개가 발굴되었으며 그 중에 6,000개는 1호 갱에 있다.

박물관 관람이 종료될 무렵 병마용을 발견했다는 양쯔화 노인을 만나보려 하였지만 그는 이미 퇴근하고 없었다. 박물관에서 일하고 있는 사람들에게 물어보니 모른다고 시치미를 잡아떼는데 돈을 주면 가르쳐 주겠다고 한다. 한 사람을 앞장 세워 양쯔화 노인 집에 도착했을 때 그는 대문 앞에 쪼그리고 앉아 있었다. 양쯔화 노인은 우리를 안내한 사람과 몇 마디 나눈 후 바로 집안으로 들어가 의자에 앉아 차분히 병마용에 관하여 얘기를 해주었다. 인터뷰 내내 곰방대에 담배를 채워 계속 피우는 바람에 곤혹스러웠는데 담배와 차(茶)로 인해 그의 치아는 시커멓게 변해 있었다.

병마용은 그의 나이 37살 때인 1974년도에 발견되기 시작하였는데 당시에 토지는 척박하고 가물어서 농사가 안 되었다. 그래서 우물

병마용 1호 갱 전경.
수천 병사의 다양한 형태와 눈을 부릅뜬 생생한 표정은
이곳을 경비하는 공안들보다도 더 위압감을 준다.

을 파기 시작하였고 땅이 좋질 않아 3일 동안 파게 되었으며 이때 도용 조각들이 나오게 되었다. 그때는 그것이 무엇인지 몰랐으며 다만 신선(神仙)인줄 알고 집에 가져가 모셔두기도 하였다. 왜냐하면 물이 나옴으로써 신선의 집이 허물어졌다고 생각하였기 때문이었다. 그 후에도 땅을 파는 동안에 몸이나 다리 부분 등의 조각들이 나왔는데 그 조각들을 밀차에 실어 박물관에 가져가게 되었던 것이다. 발견 당시 초기에는 무엇인지 몰라 청동무기를 팔기도 했는데 청동 화살을 팔아 담배를 사서 피우기도 하였다고 한다.

그는 고령의 나이에도 불구하고 곰방대를 물고는 한참동안 천천히 이야기를 들려주었는데 시간이 길어진 탓에 그를 만나고 돌아가는 길에 진시황릉을 찾았지만 관람시간을 넘겨버려 발길을 돌릴 수밖에 없었다. 호텔로 돌아가는 길, 시안 시내의 금요일 밤도 서구의 어느 도시 못지않게 원색을 토해내며 휘황찬란한데 특히 종루 등 유적지에 설치해 논 조명시설은 밤이 되면 더욱 빛을 발한다. 거리 곳곳에는 인파로 넘쳐나고 자동차와 사람이 곡예를 하듯 아슬아슬하게 비껴간다. 시안에서 자동차를 운전하는 것은 대단한 인내심과 주의력이 요구되는데 정신 차리지 않으면 자칫 낭패 보기 십상이다. 베이징에서도 느낀 점이지만 신호등은 유명무실한 장식품에 불과하다. 사람과 자동차가 서로 알아서 다녀야 한다.

양쯔화 노인은 검게 변한 이를 드러낸 채 환하게 웃으며 떠나가는 우리에게 손을 흔들어 주었다.

# 종루에 올라 북을 치다

    종루는 시안의 도심에 동서남북으로 달리는 대로 중앙에 위치하고 있는데 교통이 사방으로 통하기 때문에 이 주변에는 크고 작은 상점과 먹거리 장터가 열려있어 늘 많은 사람들로 북적인다. 종루는 중국에 남아있는 수많은 종루 중에서 제일 크고 보존이 완벽하여 시안의 상징적인 건축물일 뿐 아니라, 예술적으로나 역사적으로 그 가치를 인정받고 있는데 높이가 36미터에 이른다.

59

    원래 종루는 홍무제 17년인 1384년에 시간을 알리기 위해 건설된 것으로, 외관 3층, 내부 2층 정방형의 누각형태다. 처음 건축되었을 때는 지금의 시안시 꽝찌지에(廣濟街) 입구에 자리하고 있었으나 명나라 만력 10년에 현재의 위치로 옮겨졌는데 이 건물의 특징이라면 못을 사용하지 않고 지었다는 것이다.

    울긋불긋 꽃으로 단장된 종루를 관광상품을 파는 지하도를 통해 오르면 사방으로 대로가 죽죽 시원하게 뚫려 있다. 한 쪽에 걸려있는 종 앞에는 종을 치는 모습을 보기 위해 사람들이 서성거리고 있고 누각 1층 실내에서는 방문객들이 의자에 앉아 전통악기 연주 시간을 기다리고 있으며 2층으로 오르면 주로 청나라시대의 도자기가 전시되고 있다. 종루는 조명이 빛을 발하는 밤 시간이 더욱 아름답다.

조명을 온 몸에 받고 있는 종루는 불야성을 이룬 채 환상적인 자태를 뽐낸다.

복잡한 시안 시내를 바삐 돌아다니다 가이드를 앞세워 18가지 자오쯔가 나온다는 시내의 한 식당을 찾았다. 시안의 별미이자 명물인 중국 만두 자오쯔(餃子)는 그 종류만도 무려 300여 가지나 된다고 하는데 자오쯔는 우리식 만두와 같이 밀가루를 반죽한 얇은 피에 속을 채워 삶거나 찐 것이다. 대신 우리 식의 만두(饅頭)는 '만터우' 라고 불리며 중국 만두는 소가 들어 있지 않은 찐빵을 말하는 것이다. 식탁에 올려진 자오쯔는 손톱만한 크기부터 색상도 다양하며 맛도 제각각인데 두서너 개를 입에 넣어보고는 신김치와 두부 등을 다져 넣은 큼직큼직한 김치만두가 간절히 생각난다.

식사 후에는 도심을 빠져나가 먼지를 날리며 진령산맥의 고개를 넘어 산속 깊이 위치한 금선관(金仙觀)으로 달려갔다. 신라시대 최치원(崔致遠)과 김가기(金可記)의 상이 모셔져 있는 금선관에 들러 이곳에서 수양을 하며 관리까지 도맡고 있는 직각에게 도교에 관해서는 물론 최치원, 김가기에 대한 여러 가지 이야기를 그가 손수 따라주는 차를 들면서 들을 수 있었다.

시안시 인민정부에서 2001년에 보호구역으로 지정한 회족거리.

하얀 베일에 가려져 있는 최치원 상.

하지만 금선관에서 시간을 지체할 수 없어 곧바로 시안 시내로 돌아와 고루(鼓樓) 뒤편에 자리하고 있는 베이유안먼(北院門)회족(回族)시장을 둘러보았다. 회족시장은 어두움이 내리면서 더욱 활기를 띠는데 열심히 각자의 일에 몰두하는 그들의 모습을 카메라에 담을라치면 장사에 방해가 되서 그런지 아니면 이방인들의 행동이 거슬려서인지는 알 수 없지만 어쨌든 좋아하는 눈치가 아니다. 이 곳 식당에서 일을 하고 있는 주방장 마지안(馬建,42)씨의 안내를 받아 그들의 삶의 현장을 카메라에 담을 수 있었으나 그가 내놓은 음식은 입에서 받아들여지지 않았다.

회족시장을 둘러보고 호텔로 돌아오는 길에 소음이 난무하고 있는 남문에 들렀다. 야심한 밤 광장에는 많은 사람들로 들끓고 있었는데 한 쪽에선 무리를 지어 여전히 공산당을 찬양하는 노래를 부르고 있었고 또 다른 쪽에선 색소폰 연주와 함께 현대적 감각의 노래를 춤과 함께 부르고 있었다. 남문 바로 앞에서는 징과 꽹과리를 울려대며 춤을 추듯 아주 단조로운 스텝을 반복하며 춤을 추고 있었는데 춤이 아니라 운동이라고 가이드가 일러준다. 타악기의 자극적인 리듬에 맞춰 외국 관광객들도 한 사람, 한 사람씩 동참하여 그들과 함께 동작을 맞춘다. 12시를 넘겨 호텔에 도착하자 온몸이 녹아내리는 것 같다. 잠시도 쉴 틈 없이 좌충우돌 하루 종일 발품을 팔았다.

## 013
5월 20일

# 실크로드 기점 군상 앞에서 파이팅을 외치다

새벽 5시 30분 모닝콜이 울렸지만 좀처럼 몸을 일으키기가 쉽지 않다. 늦게 잠자리에 들기도 하였지만 텐진에서 자동차가 통관되기를 기다리며 보낸 시간을 만회하기 위해 며칠 동안 수면시간을 줄여가며 강행군을 하였더니 피로가 누적되어 몹시 피곤하다. 겨우 잠자리를 박차고 일어나 온몸을 비틀어 기지개를 켜고는 얼굴에 물만 묻히고 서둘러 다음 목적지로 떠날 채비를 하였다.

실크로드 기점 군상이 있는 작은 공원에서 본격적으로 시작될 실크로드 여정을 위해 대원들은 두 주먹을 불끈 쥐고 힘차게 파이팅을 외쳤다. 개원문 안에 길게 늘어서 있는 실크로드 기점 군상은 서역인을 앞세운 한족들이 낙타를 타고 서쪽을 향하여 나가는 모습으로 그 조형물 앞의 지도엔 고대 실크로드가 장안에서 출발하여 터키 앙카

라를 거쳐 이스탄불, 유럽으로 뻗어나가고 있음을 표시하고 있는데 대장정 팀도 낙타대신 자동차로 아나톨리아 반도까지 달려 나가게 될 것이다.

시안을 빠져 나와 란저우(蘭州)로 가는 고속도로를 달려 샨시성(陝西省) 경계에 이르니 길이 좁아지면서 비포장도로로 바뀐다. 어느새 지방도로로 이어지면서 바오지(寶鷄) 인근은 온통 도로 공사장으로 변해있다. 높다란 산 중턱에 다리를 놓고 터널을 뚫는 등 흙먼지가 뽀얗게 날리는 차선이 반복적으로 끊어졌다 이어지면서 운전이 여간 조심스러운 것이 아니다. 더욱이 터널을 통과하려면 양 미간에 힘을 주어 두 눈을 가늘게 뜨고 정신집중해서 전방을 주시해야 한다. 터널 안은 조명시설이 전혀 되어있지 않은 암흑세계이기 때문이다.

비록 도로사정은 좋지 않지만 주변에 펼쳐지는 풍경은 아름답다. 산 전체를 계단식으로 만들어 농사를 짓고 있는데 5월의 따가운 태

63

서역을 향해 나가는 군상 앞에서 파이팅을 외치는 대원들. 왼쪽부터 가이드 오윤철, 예재삼, 이동규, 광전총국 난여우리, 필자, 이동건, 이정원.

양에 누렇게 익은 밀이 가파른 산비탈에서 추수의 손길만을 기다리고 있다. 어떻게 저렇게 높고 험한 산에 밭을 일궜는지 경외심마저 든다. 보는 우리로서야 한 폭의 그림처럼 보이겠지만 농부에게는 육체적 고통이 따르는 삶의 투쟁일 것이다. 중국 정부는 오늘날 이처럼 산을 개간하여 농사짓는 것을 금지하고 있으며 대신에 나무 심기를 장려하여 환경보호에 신경을 쓰고 있다고 한다.

시안 경계를 넘어 톈수이계(天水界)로 들어왔다. 샨시성에서 간쑤성(甘肅省)으로 월성을 한 것이다. 3일간의 짧은 시간이었지만 아쉬움을 달래면서 당나라의 거대도시 시안과 작별을 고하였다. 이백이 시에서 읊었던 호희의 술집을 뒤로하고 철낙타를 탄 채 다시 춘풍을 뚫고 중국의 남북을 가르는 거대한 진령을 넘어 톈수이에 도착하였다.

톈수이(天水)란 말은 '하늘의 강에서 흐르는 물'이란 전설에서 비롯되었는데 번개가 치고 천둥이 치던 날에 육지는 활활 타오르면서 벌겋게 변하였으며 산들은 흔들리고 깊게 패여 열렸는데 그곳으로 하늘의 강으로부터 물이 흘러들게 되어 호수가 만들어지게 되었다. 사람들은 이곳을 "톈수이징(天水井)"이라 부르게 되었으며 한나라(BC206-AD220) 무제(武帝)가 그 이야기를 듣고 난 후 호숫가에 도시를 만들라 명하고 이름을 톈수이라고 붙였다고 한다.

톈수이는 간쑤성 남쪽에 위치해 있으며 동서 197Km, 남북 122Km 이르는데 대부분 황토고원으로 해발 1000m에서 2100m에 걸쳐 있다. 황허의 주요 지류 중에 하나인 웨이허(渭河)가 도시의 중앙을 관통하며 흐르고 있어 웨이허 지역은 평평하고 토양이 비옥하나 지난 수세기 동안 과도한 경작과 침식의 결과로 황토 지역에 식물 성장이 저하되는 원인이 되기도 하였다.

시내로 들어가는 초입의 작은 호텔(華龍酒店)에서 허기진 배를 채우고 곧장 마이지산(麥積山) 석굴로 향하였다. 마이지산 관광지는 중국에서 44개의 유명한 관광지 중에 하나이며 특히 "동양의 조각 박물관"으로서 유명한 마이지산 석굴을 포함하고 있다. 마이지산은 해발 1742m로 주변의 소나무와 대나무로 밀집된 산들로 둘러싸여 있으며 밀짚을 쌓아 올린 것과 같다고 하여 이름이 유래되었다. 역사 기록에 의하면  석굴은 처음에 16국시대의 후진(384-417)시대에 처음으로 만들어 졌으며 그 당시 두 명의 선승 수안가오(玄高)와 탄홍(曇弘) 두 사람은 산에서 300여명의 승려들을 모아 불교 경전을 가르쳤다. 이어지는 북위, 서위 그리고 북주 왕조들은 더욱 많은 석굴을 조성하였으며 그 작업들은 수, 당, 송, 원, 명 그리고 청나라로 지속되었다. 그 석굴들은 1,600여년의 역사를 지니고 있으며 수많은 지진과 화재에 의한 파괴에도 불구하고 중국의 역사가 그대로 담겨 있는데 거기에는 194개의 동굴 감실, 수천 개의 진흙과 돌 조각상, 1000㎡의 벽화들이 보존되고 있어 마이지산(麥積山)석굴은 둔황의 둔황(敦煌)석굴, 다퉁(大同)의 윈강(雲崗)석굴, 뤄양(洛陽) 룽먼(龍門)석굴과 함께 중국의 4대 석굴 중에  하나로 꼽히고 있다.

산 아래에서 고개를 치켜 올려야만 석굴이 한 눈에 들어오는데 이렇게 가파른 산의 외벽을 깎아 수직으로 올라가는 벽면에  커다란 불상이 조성되어 있고 마치 건물의 비계처럼 만들어진 좁은 통로를 따라 오르면서 석굴내부에 조성된 불상들을 볼 수 있다. 하지만 석굴들의 문은 꼭꼭 잠겨져 있으며 창문까지 철망으로 덧대어져 있어서 석굴 내부를 들여다보기가 쉽지 않다. 때로는 목을 길게 빼고 때로는 한쪽 눈을 살며시 감아야 불상의 모습이 제대로 보인다. 이 석굴 산에서 가장 큰 상은 높이가 15-16m에 달하며 가장 작은 상은 20cm 이하이다. 진흙 소조상과 서위와 북주의 돌 조각상들은 더욱 더 독특

마이지산 석굴 전경. 수직 벽에 뚫어 놓은 굴들이 마치 벌집과 같다.

13호 굴에 조성된 불상. 균형이 잘 잡혀 있고 사실적으로 조각되어 있다.

한 맛을 나타내는데 뛰어난 솜씨로 만들어진 진흙 소조상, 돌 조각상
그리고 벽화들은 전통적인 중국회화와 조각 솜씨를 나타내고 있다.

## 014
### 5월 21일

# 황허를 가로지르는 유서 깊은 쭝샨 철교

텐수이에서 해질 무렵에 출발하여 자정이 훨씬 넘은 시간에 란저
우(蘭州)에 도착하였는데 고속도로 출구에서 란저우 도심으로 들어
가는 길을 찾지 못해 애를 태우다 결국은 택시를 앞장세우고서야 호
텔(榮華賓館)에 도착할 수 있었다. 비록 늦은 시간이었으나 장시간 운
전에 따른 갈증 해소를 위해 대원들과 호텔방에서 소박하게 맥주를
한 잔씩 하였다. 그러나 간단하게 한 잔 마신 맥주가 아침을 더 어렵
게 만들고 말았다.

란저우는 2,000년 이상의 역사를 지닌 도시로 "육도의 심장(陸都心
腸)"이라 불리며 중국대륙의 중심에 위치하는데 한족, 후이족, 만주
족, 티벳족 등 38개 소수민족이 거주하고 있다. 간쑤성의 정치, 경
제, 문화의 중심지이며 고대 실크로드의 중요한 전략적 도시로 오늘
날 유라시아를 연결하는 허브이기도 하다. 또한 황허(黃河)의 출발지
로서 교통이 발달하였으며 풍부한 지하자원을 바탕으로 석유화학,

섬유, 기계산업 등이 발달한 서북지방 최대의 공업도시로 변모하고 있는 곳이다.

비몽사몽간에 겨우 졸린 눈을 비벼 뜨고 란저우 역으로 나갔다. 역 앞 너른 광장 중앙에는 녹이 슬어 붉은 색으로 변한 퉁뻔마상(銅奔馬像)이 우뚝 솟아 있다. 퉁뻔마상은 1969년 우웨이의 레이타이(雷臺)공원에 있는 한나라 무덤에서 발견된 것으로 높이가 34.5cm, 길이가 45cm, 무게는 7.15kg으로 머리와 꼬리는 공중으로 치켜 올려져 있고 발굽으로 나는 제비를 밟고 뛰어 넘는 자세(馬踏飛燕)를 취하고 있는데 균형이 잘 잡혀

란저우역 앞에 세워져 있는 똥뻔마상.

68

있어 예술적 가치는 물론 훌륭한 주형(鑄型) 솜씨와 함께 청동예술의 걸작으로 평가를 받고 있다. 오늘날 '천마문화(天馬文化)'의 특성을 나타내는 것으로 중국관광지의 아이콘으로 사용되고 있는데 현재 란저우 박물관에 소장되어 있으며 복제품으로 제작되어 중국 어디를 가나 관광상품으로 한 몫을 차지하고 있다.

퉁뻔마상 주변으로 많은 사람들이 짐보따리와 함께 삼삼오오 앉아 있다. 진을 치고 있는 이들에게 카메라에 담는 순간 어디선가 중국공안(公安)들이 나타나더니 찍지 말라며 강하게 제지를 하였다. 광전총국 남선생이 사전 허가서를 보여주는 것으로 촬영은 계속할 수 있었지만 역 내부는 끝내 허락되지 않았다. 다양한 소수민족들이 사는 곳이라 그런지, 아직도 체제에 대한 불안 때문인지 민감하게 받아들이고 있었다. 어쨌든 그들의 폐쇄된 단면을 보고 있자니 흐린 날 만큼이나 마

음이 무겁고 불편하였다.

란저우 역에서 벗어나 유서 깊은 황허제일철교(黃河第一鐵橋)로 발걸음을 옮겼다. 제일철교는 황허를 흐르는 수백 개의 다리 중에 제일 먼저 현대식으

란저우 박물관에 소장되어 있는 똥뻔마상. ( '돈황과 실크로드', 시안지도출판사)

로 건설된 다리로 1907년 독일의 사업가의 도움으로 청나라 정부가 건설한 것이다. 프랑스인이 설계를 하고 다리를 건설하기 위한 모든 재료는 리벳조차도 독일에서 가져왔다고 한다. 2년간의 공사 끝에 완공되어 '황허 란저우 철교' 라 이름을 붙였으며 당시에는 칭하이성 (靑海省)과 신장(新疆)지구를 연결하는 유일한 교통로였다. 1942년에는 쑨원(孫文)을 기념하기 위하여 다리 이름을 쫑샨교(中山橋)로 바꾸었는데 쫑샨은 삼민주의(三民主義)를 주창하고 국민정부시대에 국부로 추앙받았던 쑨원의 호이다.

69

쭝샨교

철교로 자동차는 다닐 수 없으며 보행만 가능한데 다리 위뿐만 아니라 주변의 공원화된 강변에는 평일임에도 불구하고 관광객은 물론 가족끼리, 연인끼리 또는 친구들과 어울려 산책을 하는 등 많은 사람들이 여유를 즐기고 있다. 강 건너 언덕

에 자리한 백탑공원으로 싯누런 황토 빛 황허를 가로 질러 케이블카가 사람들을 나르고 있고 제법 유속이 빠른 강물 한 쪽의 선상 식당에서는 손님 맞을 준비로 부산하다. 황허의 수차를 들여다볼 겨를도

없이 쭝샨교를 빠져 나와 대형 트럭들이 바쁘게 들락거리는 공업지
대를 거쳐 G312번 도로를 타고 우웨이(武威)로 달려간다.

양가죽 뗏목인 양피화즈(羊皮筏子). 이곳 사람들은 이렇
게 양가죽이나 소가죽 을 이용해 뗏목을 만들어 황허를
건넜다.

## 015

5월22일

# 허시저우랑의 고대도시를 달리다

허시저우랑(河西走廊)은 말 그대로 황허의 서쪽을 달리는 복도와 같
은 길로 간쑤성의 서쪽에 위치한다. 이 길은 오아시스와 고비를 비롯
한 사막 등으로 이루어진 평평한 지형으로 1,000여km 정도 뻗어 있
는데 이곳을 통하지 않고는 서역으로 나갈 수 없었다. 따라서 간쑤성
의 성도(省道) 란저우에서 둔황까지 이어지는 이 길 위에서 고대로부
터 동방과 서역의 문화가 만나고 혼합되었으며 수많은 역사적 도시

와 함께 문화유적과 유물들이 흩어져 있다. 한족을 비롯한 다양한 소수민족들은 그들의 전통문화와 생활방식을 간직하고 있으며 이러한 천혜의 자연환경과 유적들은 허시저우랑의 관광로를 '실크로드의 황금지역'으로 부르게 되었다.

란저우에서 오후에 출발하여 밤늦게 도착한 우웨이(武威)는 예전에 리앙조우(凉州)로 불리었으며 '은무위(銀武威)'로 불릴 만큼 실크로드 상에서 번영을 누렸던 고대도시 중에 하나이다. 한 무제(武帝)는 BC 121년에 허시저우랑을 지키기 위해 장수(驃騎將軍)를 보내 흉노를 물리쳤으며 이로 인해 저우랑의 서쪽을 확장시키게 되었고 실크로드를 따라서 중앙아시아로부터 문화적, 민족적 교차로를 만들게 되었다. 무제는 장수의 업적을 기리기 위해 도시의 이름을 '무공군위(武功軍威)' 즉 우에이(武威)로 지었다고 한다.

삼륜차에 연탄을 실어 나르는 모습이 70년대 우리의 모습과 닮았다.

우웨이의 돌과 모래로 이루어진 척박한 땅을 지나 장예(張掖)의 마르코 폴로 상(像)을 찾아 가는 길에 진창시(金昌市)에서 46km쯤 떨어진 영창현(永昌縣)을 지나다 우연히 길가에 세워져 있는 커다란 동상을 만났다. 이 조형물은 좌측에 신장 여인, 중앙에 한나라 사람 그리고 우측에 로마인 등 3명으로 구성되어 있으며 리첸 후아이지라는 이름이 붙어있다. 동상 뒤편에 간단한 내용이 적혀있는데 영창현 문화관 문화연구회 회장인 송국영(宋國榮)씨는 다음과 같이 설명을 해주었다.

기원전 53년 로마제국의 크라수스는 7개 군단 병력을 이끌고 지금의 이란 지역이었던 안식(安息)에서 포위를 당하여 전멸 당하게 되었는데 크라수스의 아들 푸리우스가 제 1군단과 함께 포위망을 벗어나 지금의 신장지역에서 떠돌다 기원전 36년을 전후해서 중국의 서한왕조에 편입되었으며 이 군대가 지금의 영창으로 오게 되었다. 서한시대에는 로마를 리첸(Liqian)으로 불렀는데 그래서 이들이 살게 된 곳을 리첸이라고 부르게 되었다. 서한왕조는 이들 로마인들에게 땅도 주고 가축도 주었으며 한나라 때에는 민족간에 서로 융합하고 번영하게 되었다.

조형물을 구성하고 있는 인물들에서 중국정부의 소수민족에 대한 정책을 엿볼 수 있다.

이렇듯 이곳에 사는 많은 사람들은 리첸 마을 사람들을 로마의 후손들로 생각하고 있었는데 그들의 모습에서 여전히 남아있는 서양인의 골격을 찾아볼 수 있다고 한다.

영창을 떠나 장예로 가는 길에 빗방울이 한두 방울 떨어지더니 제법 내리기 시작한다. 도로를 따라 달리는 명나라 시대 장성 뒤로 초원에 양들이 풀을 뜯고 있다. 비가 내리는데도 양치기는 꿈적도 않는데 어쩌면 그들에게는 단비인지도 모르겠지만 점심시간을 놓쳐버려 서둘러 식당을 찾아가는 우리에겐 반갑지 않다. 게다가 엎친데 덮쳐 길을 잘못 드는 바람에 한참을 돌아 샨단(山丹)현 호텔 식당에 도착하였다.

샨단현은 행정구역상 장예시에 속해 있으며 허시저우랑의 중간쯤에 위치한다. 동으로는 영창, 남쪽으로는 칭하이, 서로는 장예 그리고 북으로는 내몽골이 자리하고 있다. 샨단은 BC 139년 초 한무제 2년에 실크로드를 열었던 장치엔(張騫) 이후, 중원에서 서역까지 가는 길의 중요한 정류장이 되었다. BC 121년 서한에서 계승한 황제들은 이곳에서 군사들을 부양하기도 하였으며 또한 샨단은 수양제(隋煬帝)의 서역 순례와, 서기 609년 얀지산(焉支山)에서 서역 27개국으로부터 외교사절의 접견으로 명성을 크게 얻었는데 그때부터 외교사절과 상인들이 속속 왕래하게 되었다. 오늘날 샨단은 란저우와 신장 철도, 간수와 신장 고속도로가 도시 전역을 통과한다.

늦은 점심을 먹고 샨단을 출발하여 장예(張掖)시에 도착하니 비가 더욱 거세게 내린다. 간조우(甘州)로 불렸던 장예는 실크로드 상에 캬라반(caravan)과 여행객들에게 중요한 기착지였으며 한족을 비롯한 유고족, 티벳족, 회족, 몽고족 위구르족 등 다양한 소수민족이 거주하고 있다. 유구한 역사와 발달한 문화, 풍부한 물산으로 예부터 '금으로 된 장예(金張掖)'라고 불리기도 하였다. 기원전 121년에는 한나라 무제가 표기장군으로 하여금 흉노족을 패배시킨 후 장예군(張掖軍)을 설치하였는데 그 후 장예는 후대 왕조들의 정치, 경제, 문화의 중심지가 되었다. '흉노의 팔을 꺾고 중국의 팔을 펼치다(斷匈奴之臂, 張中國之掖)'라는 말을 줄여 부른 이름이 장예이다.

분위기가 전혀 다른 유럽식 건물들이 들어선 거리가 눈에 들어온다. 이 '유럽 거리'는 도로 폭이 8m에 길이가 862m에 이르는데 십자로 연결된 로타리 한가운데 근래에 제작된 마르코 폴로 상이 우뚝 서 있다. 이 상(像)은 2002년 장예시 인민정부에서 세운 것으로 조각상 기둥에는 다음과 같은 글이 새겨져 있다.

마르코 폴로(Marco Polo 1254-1324)는 이탈리아의 유명한 탐험가로 베네치아의 상인 가정에서 태어 났다. 1271년 그의 아버지와 실크로드를 따라서 동방으로 여행을 하였으며 장예에서 거의 1년 동안 머물기도 하였다. 그는 1275년 원나라의 수도 샹두(商都, 오늘날 내몽골자치구의 두오룬)에 당도하였으며 17년 동안 쿠브라이 칸을 섬기기도 하였다. 그는 1292년 바닷길로 페르시아에 도달하였으며 1295년 귀향 후에 장예의 지리, 종교, 건축, 결혼, 일상생활과 달력 등에 관하여 상세히 서술한 마르코 폴로 여행기(The Travel's Marco polo)를 펴냈다. 유럽의 많은 나라 사람들에게 그의 책은 중국과 장예를 이해하는 데 중요한 자료 중에 하나가 되었다.

마르코 폴로와 그의 여행기는 동양과 서양 사이에 무역과 문화교류를 촉진하였으며 오늘날까지도 동방과 서역 국가들이 격찬하고 있다.

이렇듯 허시저우랑의 중심에 있는 장예는 한나라의 서역 길을 열었던 외교사절 장치엔(張騫)과 반차오(班超) 장군, 동진의 유명한 불

장예시 인민정부는 유럽식 건물을 지으며 거리 한복판에 마르코폴로 상을 세웠다.

승 파시안(法顯), 중국에서 가장 잘 알려진 당나라 고승 슈안장(玄奘)은 모두 장예를 지나 서역으로 나갔으며 서역의 상인, 학자 그리고 승려들 역시 장예를 통해서 장안까지 갈 수 있었다.

날이 점점 어두워지면서 자위관으로 서둘러 출발하였다. 장예에서 고속도로를 타고 다시 허시저우랑을 달려 나간다. 이미 날은 어두워져 달리는 차량의 불빛 이외엔 아무것도 보이지 않는다. 그런데 지금까지 잘 달려오던 처용(3호차)이 갑자기 속도가 떨어지기 시작하더니 급기야 차량에 문제가 생겼다며 심각한 목소리가 워키토키를 타고 들려왔다. 잠시 도로에 차를 세워 점검해 보았지만 정확한 원인을 찾을 수 없었다. 자위관까지는 70km 정도가 남아 있으나 견인차량을 부를 수도 없는 상황이었다. 달릴 수 있는 데까지 달려보기로 하고 불안한 마음으로 제 속도를 내지 못한 채 천천히 달려 가까스로 호텔까지 갈 수 있었다.

# 016

5월23일

## 고비사막에 자리한 천하제일웅관

76

눈 깜짝할 사이에 불어 닥친 황사가 도심을 뒤덮어 버렸다.

호텔 창밖으로 보이는 자위관 시는 거리가 깨끗하고 정리된 모습이었다. 주변 풍경을 즐기기도 전에 갑자기 청명하던 하늘이 뿌연 잿빛으로 변하면서 바람이 강하게 불기 시작한다. 고비사막에서 모래를 동반한 황사바람이 순식간에 거리 전체를 뒤덮어 버렸다. 바람을 타고 창문을 통해 들어오는 모래가 금방 침대 위 하얀 시트에 누렇게 쌓이는데 호기심에 창밖으로 내민 얼굴이 따가울 정도이다. 정말 말로만 듣던 대단한 황사바람이다.

오전 내내 불던 바람은 점심때가 되어서 잔잔해지기 시작하더니 언제 그랬냐는 듯 다시 파란 하늘이 군데군데 열리기 시작한다. 아침 일찍 자동차를 손보러 갔던 대원들도 돌아왔는데 천만다행으로 심각한 상태는 아니라고 한다. 자위관으로 향하기에 앞서 호텔식당에서 점심식사를 하였는데 우리 김치와 유사한 핑크빛이 도는 자위관

김치 파오차이(泡菜)에 시선이 먼저 간
다. 얼른 한 젓가락을 입에 넣어 맛을 보
니 신맛이 돌면서 입안이 쌉싸래해 지는
것이 시원하면서 뒷맛은 고춧가루 때문

언뜻 보기에 우리 김치와 다르지 않은 자위관.
김치 파오차이, 옥수수를 넣어 지은 밥도 우리 입에 맞는다.

에 맵다. 씹을수록 짠맛이 더해지는데 살짝 시어버린 포기김치 한 접
시가 몹시 그리워진다.


　햇볕이 제법 강하게 내리쬐는 오후, 도심을 벗어나니 황량한 사막
이 펼쳐지면서 멀리 자위관의 모습이 시야에 들어온다. 시(市)의 도
심에서 북서쪽으로 약 4Km 떨어진 곳에 위치한 자위관은 매표소로
가는 입구에 수십 마리의 낙타 조형물들을 도로를 따라 일렬로 세워
놓았는데 실크로드의 분위기를 살려 주기에는 조금 더 손을 보아야
할 것 같다.

　고비사막 황토 언덕에 자리한 자위관은 명나라 장성의 서쪽 출발
점이며 허시저우랑의 첫 번째 관문으로 홍무(洪武) 5년 (1372) 때 처
음 세워지기 시작하였다는데 치롄(祁連) 산맥 아
래에 자리한 웬슈산(文殊山)과 헤이산(黑山)사이의
협곡에 위치한다. 자위관은 만리장성을 따라 세
워진 관문 중에서 가장 크고 잘 보존된 군사방
어체제 중에 하나이며 또한 고대 실크로드 상에
서 중요한 동서 교통로였다.

　자위관 성은 내성(內城), 옹성(甕城), 나성(羅城),
외성(外城)과 성호(城壕) 등 5개 부분으로 구성되
어 있는데 남쪽으로는 만리장성제일돈(萬里長城
第一墩)에 그리고 북쪽으로는 현벽장성(懸壁長城)

'천하제일웅관' 현판이 걸려 있는 자위관성 광화루.

내성 너머 자위관루가 보이고 그 뒤로
만년설을 이고 있는 치렌산맥이 펼쳐진다.
이 자위관 성문을 지나야 비로소 서역으로 갈 수 있다.

과 연결된다. 조종문(朝宗門)으로 들어가 동옹성(東甕城)에서 광화문(光
化門)을 지나면 내성으로 들어가게 되는데 내성은 사다리꼴 모양으로
총 길이는 640m(동벽 154m, 서벽 166, 남벽과 북벽은 각각 160m)이며
높이는 11m로 면적은 25,000㎡이다. 또한 내성에는 2개의 문이 있는

데 동쪽에 유원루(柔遠樓)가 있고 서쪽에는 광화루(光化樓)가 있다. 광화루에는 '천하제일웅관(天下第一雄關)'이라고 써있는 현판이 걸려있는데 자위관의 위용을 나타내 주는 또 다른 말이다.

유원루와 광화루는 3층 구조이며 1층은 벽돌로 2, 3층은 목재로 지었으며 정면 3칸에 측면 2칸인데 1, 2층은 정면에 기둥이 6개인 반면 측면은 4개의 기둥이 떠받치고 있고 처마는 급하게 치켜 올라가 있다. 그리고 한쪽으로 마도(馬道)와 계단이 함께 만들어져 있어 이 길을 통하여 오르내릴 수 있다. 유원루 앞에는 자위관 건축에 관련된 장인(匠人)의 일화를 전하고 있다.

자위관 관문이 만들어졌을 때 이카이잔(易開占)이라는 솜씨가 훌륭한 장인이 공사를 수행하였다. 그는 치밀하게 설계하고 아주 정확하

조종문 옆 희루의 천장 중앙에 팔괘와 함께 태극문양이 그려져 있다.

게 계산을 하였으며 건축 재료 사용에 있어서도 정확하여 이 관문이 지어졌을 때 건축 재료들을 모두 사용하였는데 다만 벽돌 한 장만이 남게 되었다. 이러한 훌륭한 장인을 기념하기 위해 서옹성에 세워져 있는 휴이지 탑(會板門)에 그 벽돌을 전시해 놓았다.

유원루에서 나성을 거쳐 자위관루를 통하면 성 밖으로 나가게 된다. 예전에 자위관은 다소 무시무시한 말이 들리고 있었는데 유형에 처한 사람들이 자위관 문을 통해 서쪽으로 나가도록 명을 받으면 결코 돌아오지는 못했다고 한다. 지금은 성 밖에 주민들이 관광객을 위한 말과 낙타를 준비해 놓고 고비사막을 경험할 수 있도록 하면서 그들의 주머니를 불린다.

자위관에서 호텔로 돌아가는 길에 세차장에 들러 먼지를 뒤집어 쓴 자동차를 세차하였다. 길가에 일렬로 늘어선 세차장은 기계세차 대신에 손세차를 하는데 여성들의 몫이다. 물을 뿌리고 비누칠을 하고 다시 물을 뿌리면서 구석구석 닦아낸다. 차 한 대당 네다섯 명이 마무리 작업까지 걸린 시간은 30분 정도. 그런데 세차 가격은 놀랍게도 인민폐로 15위안(우리 돈 약 2,000원정도)이다. 아무리 인건비가 싸다고 하지만 도저히 이해가 가지 않는 대목인데 하기야 중국 상품이 오늘날 세계시장을 석권할 수 있었던 것은 저임금을 바탕으로 한 가격 경쟁력의 우위를 차지하고 있기 때문이 아닌가!

# 반탄비파의 여인을 만나다

오랜만에 숙면을 취하고 잠자리에서 일어났다. 어제와는 달리 날씨가 아주 쾌청한데 호텔 창문으로 바라다 보이는 치렌 산맥의 만년설이 손에 잡힐 듯 뾰족뾰족한 봉우리들이 높낮이를 달리하며 펼쳐진다. 시선을 고정시켜볼 겨를도 없이 둔황까지 가야하는 먼 길이기에 서둘러 호텔 문을 나섰다. 거리를 달리는 자동차들은 많지 않았지만 우리나라의 상표를 단 자동차들이 눈에 많이 띠는데 단연 현대차가 압도적으로 많다.

자위관 가는 길을 따라가다 북쪽으로 방향을 돌려 약 7.5km 정도 가면 키가 큰 포플러(楊) 가로수 길이 길게 이어지는데 그 가로수 길을 통과하면 나무 한 그루 살지 않는 헤이산 산등성이에 마치 뱀이 기어가듯 구불구불하게 축조한 현벽장성(懸壁長城)을 만난다. 이 장성은 명나라 중기인 가정(嘉靖) 18년(1539)에 만든 토성으로서 서역으로 통하는 중요한 군사적 방어체계 관문이다. 자위관의 서쪽 장성의 일부로서 지세가 험준하고 웅장한 구조로 '서부 팔달령' 이라고 부르기도 한다.

장성을 지나 산길을 구비 돌아 뽀얀 흙먼지를 일으키며 한참을 달려 나가자 푸른 초지에 수백 마리의 양떼들이 한가로이 풀을 뜯고 있다. 그 뒤로 치렌 산맥의 만년설을 따라 끝없이 이어지는 광활한 사막에 놓인 철길(란저우-신장철도) 위로 수십 량씩 기름탱크와 화물칸을 매단 기차들이 끊임없이 동과 서로 달린다. 철도와 거리를 두고 나란히 달리는 리안후오국도(GZ45)에는 오가는 차량이 거의 없을 정도로 한적하다.

국도를 빠져 나와 안시(安西)에 도착하자마자 식당부터 찾아 헤맸는데 식당에 들어서자 벽에 걸린 홍콩 영화배우 홍금보와 종업원들이 함께 찍은 사진이 우리를 먼저 맞이해 준다. 우리에게도 잘 알려진 홍콩배우 홍금보가 두어 달 전에 이 식당에 와서 식사를 하였다고 한 종업원이 사진을 가리키며 귀띔해 주었다. 자리를 정리하는 사이에 남선생은 식당 계산대 위에 놓여있는 화병을 들고 오더니 담겨져 있는 사막 버드나무 홍류(紅柳)와 사막 대추 샤자오(沙棗)에 대해서 설명을 해주었으며 또한 낙타가 즐겨 먹는다는 가시가 돋친 루오투오쓰(駱駝刺)도 덧붙여 말해 주었다.

식사를 마치기가 무섭게 둔황으로 향하였다. 안시에서 둔황 가는 313국도 양쪽은 거의 지평선으로 연결된 광활한 사막이다. 죽 뻗은 2차선 도로를 달리고 달려도 똑같은 풍경이 이어진다. 정말 어마어마한 땅덩어리다. 그런데 놀라운 사실은 이 사막에 면화를 심기 위해 분주히 트럭들이 드나들며 공사를 하고 있다는 것이다. 이미 4만평이 개간되었다고 이곳에서 일하는 트럭기사 차이신평(蔡新平)씨가 일러주었다. 사막을 옥토로 만들려는 중국 정부의 이러한 야심찬 프로젝트에 대해 경외심과 경계심이 동시에 밀려온다. 또한 한쪽에선 수리사업이 한창이었는데 약 100여m 간격으로 산 쪽의 경사면을 이용해 빗물이 모일 수 있도록 수로를 정비하고 있다. 지금은 비록 죽어 있는 사막이지만 과학기술이 더욱 더 발달하여 넓은 사막이 푸른 초원으로 탈바꿈하게 된다면 아마도 엄청난 힘으로 작용할 것이다. 세계에서 3번째로 땅덩어리가 넓은 나라, 세계 인구의 5분의 1을 차지하는 나라, 그야말로 초강력 썬파워로 변신할 지도 모를 일이다. 이 점을 긴장하고 주목해야 한다.

저녁 8시가 되어 도착한 둔황(敦煌)의 거리는 아직도 해가 중천에 떠있다. 중국은 자국 영토에 예를 들어 미국처럼 경도 차이에 대한 시간 차이를 두지 않는다(둔황은 베이징과 2시간 차이). 오직 베이징의 시간에 맞춰 중국 전체가 움직이고 있다. 바로 그런 이유로 저녁 시간이 긴데 그래도 이곳사람들은 그들 나름대로의 시간방식을 따르고 있다.

둔황 도심에 들어서면 사주(沙州)남북로와 양관(陽關)중동로가 만나는 로터리 한복판에 한 발을 들어 올리고 비파의 음통을 목에 대고 공중으로 치켜 올린 채 춤을 추듯 연주하는 커다란 화강암 조각상을 만나게 되는데 음악에 취한 여인의 자태가 요염하기까지 하다. 이 조형물은 당나라 중기에 제작한 둔황의 모가오굴(莫高窟) 112호 굴 벽화에 등장하는 지락천 중에 반탄비파(反彈琵琶) 인물을 소재로 한 것인데 둔황시를 상징하고 있다.

호텔(敦煌陽關大酒店)로 가는 길에 골목에 펼쳐진 바자르에 들렀다. 이곳이 사주시장(沙州市場)인데 옛 둔황이 실크로드의 중

모가오굴 112호에 그려진 반탄비파 여인.
('돈황과 실크로드', 시안지도출판사)

시장에 한국식당이 있으리라고는 생각지도 못했다. 하지
만 한국 사람보다는 중국 사람들을 위한 것 같은데 한류
의 영향이 아니겠는가.

계지역으로서 번창하던 곳이다. 과일 야채 등 부식재료를 판매하는 새벽시장도 근처에 자리하고 있다. 야시장은 보통 오후 5~6시에 문을 열어 10시 반~11시까지 문을 연다. 상점은 길 양 옆으로 길게 늘어섰고 중앙에는 두 줄로 작은 리어카에 책, 액세서리, 공예품 등 다양한 물건들을 판매하는데 야시장에서도 가격이 천차만별이기 때문에 물건을 살 때는 반드시 흥정을 해야 하며 값은 당연히 깎아야 한다. 시장 맞은편 입구 쪽에 회족가게들이 몰려있는 한 쪽엔 심양에서 왔다는 재외동포(조선족)가 운영하는 '고려회관'이란 한국식당도 있는데 한국식 구운고기란 한자(漢字) 간판만 있었다면 얼른 알아보지 못했을 것이다. 아무튼 김치찌개, 된장찌개가 간절히 생각나는 밤이다.

## 018
5월25일

# 둔황팔경 밍샤산에 오르다

'크게 성한다'라는 뜻의 둔황(敦煌)은 서역으로 나가는 관문으로서 남북로(南北路) 두 길이 갈리는 곳이며 모든 여행자들이 중국으로 들어오거나 나갈 때 육로를 이용하는 한 이 곳을 통과해야 하는데 북서쪽 위먼관(玉門關)이나 남서쪽의 양관(陽關)을 거쳐야 한다. 그래야만 타클라마칸의 첫 번째 오아시스에 당도할 때까지 물과 음식 등을 제공받을 수 있다.

파란 하늘에 햇살이 눈부시게 비치는 아침, 곧게 뻗은 돈월로(敦月路)를 달려 둔황 8경 중의 하나인 밍샤산(鳴沙山)을 찾았다. 둔황 도심에서 남쪽으로 약 5km 떨어진 곳에 웨야첸(月牙泉)과 함께 자리하고 있는데 아주 옛날부터 '사막의 신비한 현상'으로 알려진 곳으로 사막의 정취를 몸소 경험하고자 하는 사람들의 발길이 끊이지 않는 곳이다.

밍샤산 입구에는 이미 많은 사람들로 붐비고 있었다. 산문(山門)이라는 현판이 걸려있는 입구를 들어서자 무엇보다도 한 무리의 낙타들이 제일 먼저 눈에 띄고, 낙타를 타려는 사람들과 타려고 대기하는 사람들, 신발 속으로 모래가 들어가는 것을 방지하기 위해 대여해 주는 스패치를 착용하는 사람들 등으로 뒤엉켜 북새통을 이루고 있다. 이미 산 정상에 오른 사람들이 있는가 하면 산을 한 바퀴 돌고 돌아오는 사람들도 있다. 낙타들이 쉴 새 없이 줄을 지어 모래산을 오가는데 이국적 풍경을 마냥 음미하기엔 신음 소리를 내며 힘겨워 하는 낙타들이 애처롭다. 5월인데도 한 여름만큼이나 더워서 이마에 땀이 흐른다. 그래서 밍샤산은 낮 시간을 피해 아침시간과 저녁시간을 이용하는 것이 좋다.

적어도 밍샤산을 오르는 데는 몇 가지 방법이 있다. 물론 이용료를 내야하겠지만 항시 대기하고 있는 몇 종류의 탈것이 있다. 첫 번째는 위에서 언급한 것처럼 낙타를 타는 것인데 지정된 모래 길을 따라 산 중턱까지 올라갔다가 돌아온다. 두 번째는 사막차라 불리는 ATV를 타는 것이고, 그리고 세 번째는 짚차를 이용하는 것이다. 웨야첸을

85

갈 때는 보통 도보로 가기도 하지만 전동차를 이용할 수 있다. 좀 더 다이나믹한 밍샤산 풍경을 즐기려면 경비행기를 타는 것인데 10분 정도 하늘에 머무는데 그 비용이 만만찮다. 그리고 오늘같이 더운 날엔 아주 힘겹겠지만 발품을 팔아 걸어 올라가는 방법도 있다.

해넘이 풍경이 장관인 밍샤산은 동서 40Km, 남북 20Km에 주봉의 높이가 1,715m로 우리나라 설악산 대청봉 높이와 얼추 비슷하다. 울 '명(鳴)' 자에 모래 '사(沙)' 자, 글자그대로 바람이 강하게 불 때 모래 구르는 소리가 마치 우는 소리와 같다고 하여 붙여진 이름인데 동한(東漢)시대에는 샤지아산(沙角山)이라고 불리기도 하였으며 센샤산(神沙山)으로 부르기도 하였다. 칼처럼 깎아지르듯 가파른 사구가 잘 발달되어 있다. 관광객을 위해 사다리처럼 나무로 만든 계단을 따라 산정에 오르면 둔황의 전경이 아스라이 펼쳐지는데 물결치듯 이어지는 사구는 황금빛 바다를 연상케 한다.

중국 사람들은 단옷날 사구에서 미끄럼을 타고 내려오면 한 해의 액을 막아 준다고 믿고 있어서 이러한 속설을 십분 활용하고 있는데 사구 몇 군데에 미끄럼을 탈 수 있는 도구를 준비해 놓고 관광객들을 기다리고 있다. 마치 눈썰매처럼 나무로 만든 상자를 이용하거나(낙타를 탈 경우 이용료를 내지 않는다) 별도로 사용료를 더 지불하면 물놀이 할 때 사용하는 것과 같은 커다란 튜브를 타고 내려갈 수 있다. 하지만 가파른 사구를  미끄러지듯 걸어서 내려오는 재미도 쏠쏠한데 걸어 내려오면서 모래가 소리 내어 우는지 마찰음에 귀를 기울여 보는 것도 흥미로운 일이다. 신기한 것은 많은 사람들이 아무리 사구를 밟고 올라서서 무너뜨려도 다음날이면 사구의 형태는 원래 상태대로 복구된다고 한다. 중국과학원 사막연구소 짱위궈 선생은 사막에서 돌과 모래가 소리를 내는 이유를 다음과 같이 들고 있다.

첫째, 모래가 이동하면서 크고 작은 공간이 생기게 되고 공기가 진입하여 진동이 발생되면서 소리가 난다.
둘째, 사막 하부에 조습한 모래층이 있어서 건조한 모래층의 진동파가 이곳에 전달될 때

호기심어린 관광객이 설매를 타고 모래산을 미끄러져 내려가고 있다.

소리가 발생된다.

셋째, 모래 표면이 아주 건조하고 석영성분이 함유되어 있어서 햇볕이 들거나, 바람이 불거나, 사람, 말 등이 모래 위에서 걸어다닐 때 모래의 마찰로 인하여 소리가 난다.

넷째, 모래 표면의 석영결정체는 압력에 대하여 상당히 민감한데 압력을 받을 때마다 전기가 발생되며 전기 작용을 받아 신축 진동현상이 일어나게 되므로 정전기 감응으로 인하여 소리가 난다.

아무래도 사막엔 낙타가 제격인지라 낙타를 타고 밍샤산을 둘러본 후 웨야첸(月牙泉) 입구에 내리면 낙타도 잠시 휴식을 취하게 된다. 웨야첸으로 들어가는 입구 좌측의 콘크리트로 만든 인공 수조와 우측의 커다란 연못 사이로 난 길을 따라가면 누각과 연못이 모래 언덕과 파란 하늘에 둘러싸인 채 마치 한 폭의 그림으로 다가온다. 웨야첸은 사막에 있어서 실로 한 줄기 빛과 같은 것으로 지난 2,000여 년간 한 번도 마른 적이 없는 오아시스이다. 고대에는 샤징(沙井) 또는 야오(葯川)이라 불렸으며 악와지라고 불리기도 하였는데 청나라 때 와서야 웨야첸으로 불렸다. 초승달 모양의 연못은 남북 방향의 길이가 100여m, 동서는 25m 이며 평균수심은 4.2m인데 서쪽에서 동쪽으로 갈수록 수심이 깊다. 전설에 의하면 옛날에 둔황이 갑자기 황량한 사막으로 변하자 어여쁜 한 선녀가 슬퍼하며 눈물을 흘렸는데, 이 눈물이 샘을 이루었다고 한다.

웨야첸 발원지는 돈황 남쪽의 군룬(昆侖)산맥의 눈 녹은 물이 흘러

88

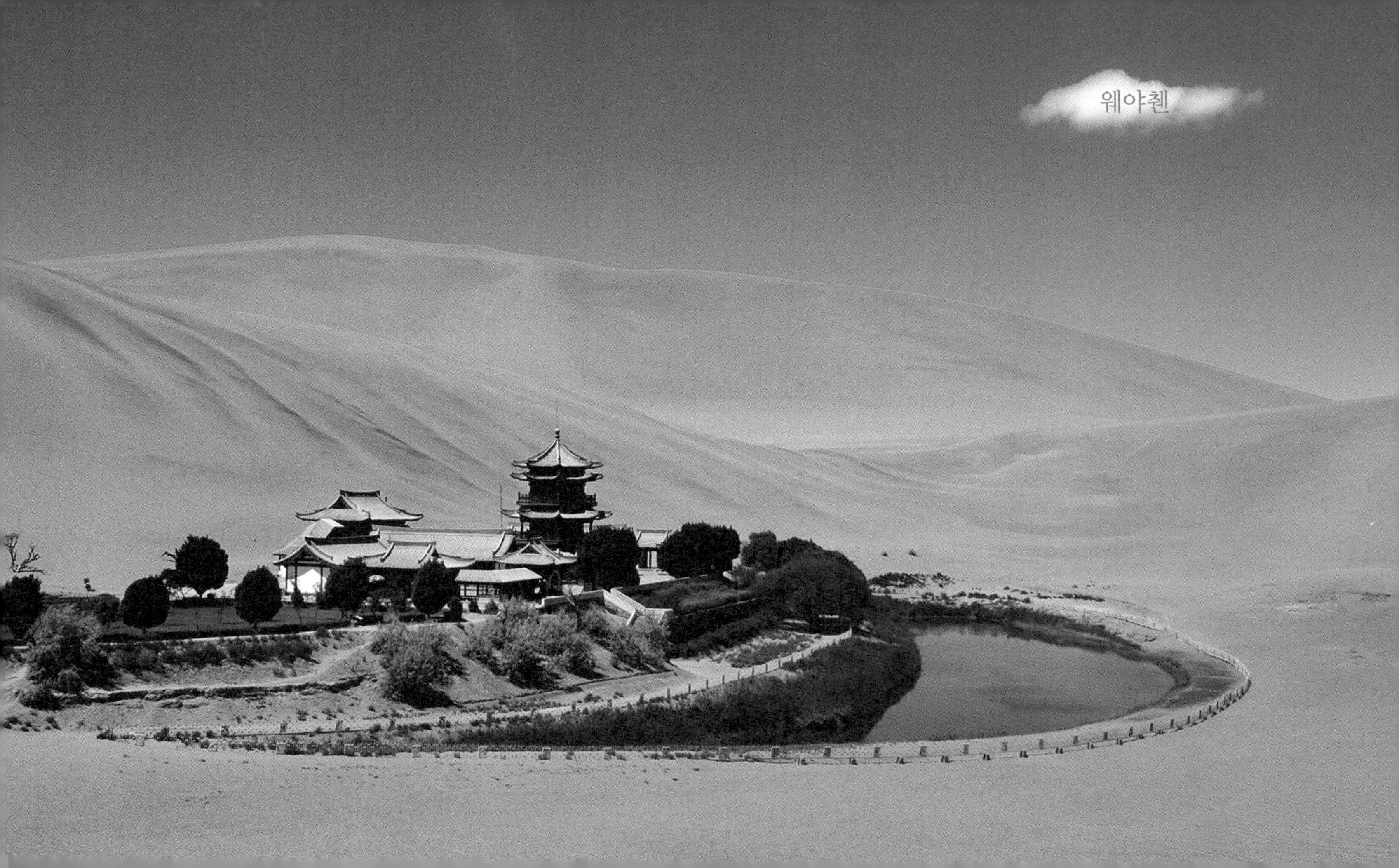
웨야췐

든 당하에서 지하로 흘러 이곳에 솟아나는 것이라고 하는데 최근에는 당하와 웨야첸 사이가 끊겨 인공적으로 물을 공급하고 있다. 예전보다 수량도 깊이도 모두 줄었다고 하는데 자칫 모습을 감추지나 않을까 걱정이 앞서기도 한다. 그런데 바람이 불어도 이 곳 만큼은 모래로 덮히지 않는다고 하니 신기한 일이 아닌가. 때때로 자연 현상은 인간을 놀라게 하는데 경이롭기까지 하다. 사막 한 가운데 맑은 샘물은 파란 하늘까지 담고 있어 더욱 파랗다. 낙타풀(駱駝刺)과 홍류(紅柳) 그리고 입구 뜰에 심어진 대추나무 등이 황금빛 모래 위에 더욱 푸르게 보인다.

한낮의 햇볕이 절정에 이르는 뜨거운 날씨다. 밍샤산을 내려와 점심식사 후 모가오굴(莫高窟)로 가는 길에 쏟아지는 졸음을 애써 피해 보지만 천근만근 눈꺼풀이 기어이 주저앉고 말았다. 도심에서 약 70여 km 떨어진 모가오굴은 고수창성 근처에 있다고 하여 '수창해', '수창지' 라고도 불린다. 이곳의 입장료는 다른 문화유적지 보다 훨씬 비싸다. (성수기 160위안, 비수기 80위안) 중국 정부로부터 촬영 허가는 받았지만 워낙 촬영가격이 비싸서 결국 포기하고 말았다. 대

신 관광객을 따라 일반적인 관람만 하였는데 굴의 관람은 개인적으로는 할 수 없으며 반드시 지정된 안내원과 함께 그룹을 지어 관람할 수 있다. 카메라는 절대로 휴대할 수 없고 안내원이 꼭 자물쇠로 문을 열고 설명한 후에는 다시 잠근다. 보통 모가오굴의 대표 굴이라 할 수 있는 16, 17호굴과 그 외 328호, 427호, 428호, 249호, 96호, 148호 등 소수의 굴만 볼 수 있었는데

모가오굴.

각국의 사신들이 유마거사에게 설법을 청하는 모습을 묘사한 '유마경변상도(維摩經變相圖)'에 조우관을 쓴 해동 왕자의 모습이 담겨있는 237호굴을 확인할 수 없어 못내 아쉬웠다. 시안역사박물관의 리샌묘 벽화에서 만났던 한반도인을 둔황에서 다시 만날 수 있으리라는 기대로 거친 사막을 달려 왔건만 물거품이 되고 말았다.

328호굴의 불상은 유희좌를 취하고 있다. ('돈황과 실크로드', 시안지도출판사) 결가부좌에서 한 발을 풀어 내린 이런 유희좌는 경주 남산 신선암 마애 보살상에서도 볼 수 있다.

장경동으로 알려진 17호굴은 둔황을 관리하던 도사 왕웬루가 1900년 5월 26일 쌓여있는 토사를 치우다가 벽이 무너지면서 발견한 석굴로 프랑스의 동양학자 펠리오에 의해 세상에 알려지게 되었으며 그가 본국으로 가져간 고문 중에는 신라승 혜초의 왕오천축국전이 포함되기도 하였다. 그 후 모가오굴은 영국의 스타인을 비롯하여 독일, 구 소련학자들은 물론 일본의 오타니 등이 경쟁적으로 이곳의 귀중한 유물들을 반출하게 되는 아픔을 크게 겪었다.

이 모가오굴은 서기 366년에 러준(樂樽)이란 승려가 처음 개굴하기 시작하였는데 그는 부유하고 신심이 깊은 어느 순례자에게 여행을 마치고 안전하게 귀향하기 위해서 지역 화공(畵工)을 사서 석굴 하나를 아름답게 장엄한 뒤 이를 부처님께 봉헌해야 한다고 설득했다고 한다. 그 후 수백 년 동안 이를 선례로 해서 많은 석굴 사원이 벼랑을 파고 생겨나게 됐으며 그러한 일들은 서위, 북위, 수, 당, 오대, 송, 서하, 원 등 16국을 통해서 1,000여년 이상 지속되었다. 총 굴 수는 492개이며 조각상이 2,800개, 벽화가 45,000㎡로서 1987년 세계문화유산으로 유네스코에 의해 지정되었다.

# '악마의 늪' 백룡퇴를 달리다

위먼관(玉門關)으로 출발하기에 앞서 점심식사를 위한 빵, 물, 과일 등과 물을 끓일 커피포트까지 바자르에서 구입하였다. '악마의 늪' 이라 불리는 죽음의 사막 백룡퇴까지 갔다 오려면 준비를 단단히 하여야만 하였는데 이곳 지리에 밝은 한 사람을 현지에서 섭외까지 하였다. 원래 예정대로라면 백룡퇴를 지나가는 것은 물론 야영까지 하기로 되어 있었는데 남선생의 완강한 거부로 뜻을 이루지 못하였다. 아마 자기 자신이 위험한 상황에 처하고 싶지 않았기 때문일 것이다.

위먼관으로 향하는 도로 좌우에는 시종일관 끝없이 사막이 펼쳐진다. 명사산과 같은 고운 모래는 아니지만 자갈과 흙이 섞인 투박한 사막이다. 그리고 사막의 독특한 지형인 샤포(沙包)들이 마치 무덤처럼 언덕을 이루고 있어 약간은 지루한 맛을 달래준다. 아스팔트 위로 아지랑이가 피어오르고 간혹 신기루 현상도 경험하게 된다.

사막의 외로운 섬 하나처럼 외로이 서있는 위먼관은 돈황에서 북서쪽 텐산북로로 나가는 길로 실크로드 상에 역사적으로 중요한 증거로 남아있다. 둔황 도심에서 북서쪽으로 90km 떨어진 고비사막에 위치해 있는데 서한의 무제가 둔황에 도호부를 설치했던 관문은 서역지방 특히 호탄에서 중국의 중원까지 옥제품의 통로인데서 그 이름이 유래되었다. 위먼관의 서쪽 150km에는 롭노르가 놓여있고

위면관

남쪽으로 70km 지점에는 양관이 있다.

견고한 황토 위에 세워진 위면관은 정방형으로 만들어진 토성으로 동쪽과 북쪽에 각각 문이 나 있으며 짓이긴 진흙과 갈대 다발의 층으로 만들어졌다. 길이는 동서 24m, 남북 26.4m로 총면적은 633㎡이르며 벽의 높이는 10m에 달하는데 위쪽의 폭은 3m, 아래쪽의 폭은 5m로 위로 갈수록 좁아져 안정감을 더해주고 있다.

바로 이 위면관을 지나면 5세기 파시안(法顯)스님이 불국기에 적어 논 악마의 늪이라 불리는 죽음의 사막 백룡퇴가 기다린다.

"위로는 나는 새도 없고 아래로는 달리는 짐승도 없다. 오직 이 길을 가다 죽은 사람의 해골만이 이정표가 되어준다."

정말 모래와 자갈, 태양 이외는 아무것도 없다. 자동차로 달려도 끝이 없다. 이런 사막 길을 걸어가야만 했던 당시에는 분명 말 그대로 죽음을 담보로 한 길일 수밖에 없다. 바로 머리 위에서 내리 비추는 태양빛에 더 이상 발걸음이 떨어지지 않는다. 사막 한 가운데에서 오전에 준비한 빵과 바나나, 사과로 간단히 점심을 해결하였다. 뜨거운 햇빛과 지열 사이에서 도저히 컵라면을 먹을 엄두가 나지 않았

93

백룡퇴에서 점심식사를 하기 위해 잠시 차를 세웠다. 앞을 봐도 뒤를 봐도 주변은 온통 지열로 펄펄 끓는 사막 뿐이다.

다. 재빨리 허기만 달래고 가능한 빨리 사막을 벗어나고 싶었다. 이런 사막 길에서 하룻밤 야영을 하려고 했으니 남선생이 고개를 가로저을 만도 하였다.

94   위먼관에서 북서쪽으로 약 5km 떨어져 있는 한대 장성으로 자리를 옮겼다. 서한 초기에 흉노족의 침입으로부터 중원을 지키고, 중앙의 조정을 수호하고, 실크로드의 방해물을 제거하기 위해서 장예, 에지나(額濟納), 진타(金塔), 자위관, 유멘(玉門), 안시(安西)에서 둔황의 허시저우랑까지 세워졌던 약 1,000km의 장성이 바로 이 한나라 장성이다. 현재는 길이가 300m 높이가 2.6m, 폭이 3m 정도로 거의 붕괴된 상태로 남아 있는데 벽은 짓이긴 갈대와 돌과 모래의 층으로 축조되었다. 갈대의 층은 5cm이며 모래의 층은 20cm로 반복해서 쌓았는데 오늘날 한나라 장성은 대부분이 사라지고 몇몇 부분으로만 남아있다. 장성 축조 기법은 다양하며 독특한데 한나라에서 성은 진흙과 갈대, 붉은 버드나무가지로 축조하였다. 장성을 따라서 다섯 개의 고대 봉화대가 남아있으며 크기가 커다란 봉화대는 10리 내에, 작은 봉화대는 5리 내에 세웠다.

둔황으로 돌아가는 길에 길을 잘못 들어 도로공사 현장으로 들어 갔다가 차가 모래에 빠지고 말았다. 다행히 금방 차를 끌어내어 무사 히 호텔로 돌아올 수 있었는데 하마터면 커다란 낭패를 당할 뻔하였 다. 대원 모두는 햇빛에 노출되는 시간이 점점 많아지다 보니 얼굴이 검게 변하기 시작하였다. 모자를 쓰고 썬 크림을 발라보지만 워낙에 뜨겁고 강한지라 별 소용이 없어 보인다.

한대장성.

햇볕에 지친 몸을 이끌고 늦은 저녁식사를 하고는 사주시장에 들 러 책을 한 권 구입한 후 바로 옆에 있는 노천카페로 자리를 옮겨 생 맥주를 한 잔 하였다. 카페는 칸막이 없이 구획이 나뉘어져 있는데 곳곳에는 매니저인 듯한 검은색 정장을 한 여성들이 손님을 맞이하 고 시중을 들고 있다. 그리고 악사들은 손님들이 주문을 하면 즉석에 서 기타, 트럼펫 등을 불며 연주든 노래든 불러주는데 썩 훌륭해 보 이지는 않았지만 한 밤에 울려 퍼지는 멜로디가 분위기를 띄운다. 여기저기서 한꺼번에 경쟁적으로 연주를 하거나 노래를 부르면 소 음으로 바뀌어 짜증스럽기도 하지만 이곳 사람들은 전혀 개의치 않 는 표정이다. 아마도 이 노천카페에서만 즐길 수 있는 독특한 풍경이 아닌가 싶다. 목구멍이 짜릿하도록 시원한 맥주 한 잔을 더 들이키니 밀려오는 피로에 두 눈이 저절로 감긴다.

5월27일

허시저우랑을 벗어나 투루판에

샤포

둔황 양관호텔에서 아침식사를 하면서 삶은 계란 몇 개씩을 주머니에 찔러 넣고 차에 짐을 싣기가 무섭게 잰걸음으로 자동차와 사람들로 복잡한 둔황시내를 벗어나 류위엔(柳園) 방향으로 달려 나간다. 쭉쭉 뻗은 포플러 가로수 길 뒤로는 면화 밭이 길게 이어지고 국도(215번)변에는 벌겋게 꽃은 피운 홍류가 빼곡히 자리를 차지하고 있다.

도심을 벗어나자 끝이 보이지 않는 사막의 지평선이 반복적으로 이어진다. 모래와 작은 자갈로 이루어진 사막은 샤포(沙包:작은 모래 언덕으로 봉분처럼 보이는 독특한 사막 지형인데 지표에 풀씨가 떨어져 싹을 틔우고 성장하고 죽고, 다시 그 위에 풀씨가 떨어져 성장하는 그런 과정을 반복하면서 뿌리 주변에 흙이 오랫동안 퇴적되면서 만들어지는 것이다)와 홍류, 루오투오쓰(駱駝刺: 낙타풀)로 덮혀 있다.

유원톨게이트에서 다시 국도 312번을 갈아타고 하미과의 고장 하미(哈密)로 달려가면서 삶은 계란 몇 개로 허기를 면하였다. 오후 늦게 도착한 하미의 한 식당에서 점심식사를 하였는데 우리나라 닭볶음과 비슷한 샤완(沙灣) 따판지가 식탁에 올라왔다. 지금까지 중국에서 먹었던 어떤 따판지보다 우리 입맛을 사로잡았다. 더욱이 신장 김치라는 파오차이(泡菜)는 무를 채로 썰어 무친 것인데 무우 모양은 우

96

리 무와 비슷하지만 속이 빨갛다. 중국말로는 신리메이(心里美)라고 부르는데 꼭 강화 순무와 색이 닮았다. 씹는 맛이 아싹아싹 하며 신맛이 돈다.

식사를 마치고 하미 도심을 벗어나기가 무섭게 국도 한 쪽 들머리에 눈을 뒤집어 쓴 톈산 산맥이 이어지고 사막을 가로지르는 312국도에는 고속도로 공사가 한창 진행 중인데 하미에서 투루판까지 약 600km를 베이징 올림픽에 대비하여 공사를 하고 있는 것이다. 그 옆으로 한가롭게 낙타들이 풀을 뜯고 있다. 비록 방목되는 것이기는 하나 사막에서 볼 수 있는 진풍경이 아닐 수 없다. 끝없이 이어지는 사막에서의 단조로움을 잠시나마 벗어나게 해주는 그림인데 그런데 이놈들이 겁도 없이 자동차가 달리는 도로를 좌우로 넘나들며 뛰어다니고 있어 상당히 위험해 보인다. 털갈이를 하는지 숭숭 털이 빠져 있고 산처럼 솟아 있어야 할 쌍봉은 영양상태가 안 좋은지 등이 거의 평면에 가깝다.

우리의 철낙타와 함께 달려가는 톈산 산맥 너머로 해가 지기 시작한다. 해가 떨어진 시각은 9시 반쯤 인데도 파란 하늘이 잿빛 하늘 사이로 간간이 보인다. 신장지역에 들어서 도착한 톨게이트에서 위구르 아가씨가 미소로 반겨주는데 신장은 확실히 간쑤성과는 달리 사람들이나 도시 풍경이 다르다. 하미서부터 도로를 따라 드문드문 보이기 시작한 석유 채굴기는 쉴 새 없이 꾸벅꾸벅 인사를 하며 움직이고 있는데 채굴기 한 대가 하루에 10내지 20톤의 원유를 퍼 올린다고 한다. 또한 포도밭과 통풍을 위해 독특하게 벽돌을 쌓아 만든 건조장이 줄지어 늘어서 있다. 포도도 물론 많이 재배하지만 하미는 역시 설탕물만큼이나 단 육즙을 담고 있는 하미과(哈密瓜)가 유명한 곳인데 아직 제철이 아니라 눈에 띠지 않는다.

졸린 눈을 비벼가며 투루판에 도착한 시각은 새벽 1시(신장 시간으로는 밤 11시)가 넘어서였다. 오늘 하루 약 830km를 달려 둔황에서 투루판까지 먼 길을 달려왔다. 도로 사정은 양호한 편이었으나 거리에 비례해 운전시간이 길어지고 더군다나 피로가 누적되다 보니 몹시 피곤하다. 하루를 뒤돌아 볼 겨를도 없이 침대에 몸을 묻고 말았는데 어째든 허시저우랑을 따라 간쑤성을 벗어나 옛 동투르키스탄 지역인 신장웨이우얼자치구로 들어서게 되었다.

신장자치구에 들어서면 쉴 새 없이 움직이는 석유 채굴기들을 자주 보게 된다.

# 서구열강에 약탈된 베제크리크 천불동

투루판(吐魯番)의 유적 촬영허가를 받기 위해 남선생과 신장성 외사판공실(外事辦公室)에서 나온 성셔우핑(盛秀萍) 부처장 그리고 투루판 외사처의 아시아씨와 함께 투루판 문물국으로 향하였다. 두 사람 모두 여성으로 성부처장은 한족(漢族)이었지만 아시아씨는 위구르 사람이었다. 이렇게 남선생처럼 중앙정부에서 한 사람이 대장정 기간 내내 동행하고, 이동할 때마다 관련 성(省)이나 현(縣)에서 관리들이 나와 우리를 안내하고 도움을 주는데 실은 통제 아닌 통제를 하고 있는 것이다.

화염산, 고창고성, 베제클리크 천불동, 교하고성, 아스타나 고분 등 촬영 허가를 받는데 문물국에서 8,000위안(우리 돈 약 104만원)을 내라고 한다. 비록 촬영에 대한 승락서를 사전에 중앙정부로부터 받았을지라도 현지 관계기관에 비용을 지불하여야만 하였는데 그들이 요구한 비용을 전부 지불한 후 영수증을 받고서야 문물국을 나설 수 있었다.

시내에서 312번 국도를 타고 포도구(葡萄溝)를 지나 샨샨 방향으로 30여km 달려가면 국도에서 바로 연결된 화염산 관광지(火焰山景區)로 들어 갈 수 있다. 투루판 분지 중앙에 자리한 화염산은 텐산 산맥의 일부분으로 주봉은 해발 831.7m이며 길이는 98km, 폭은 9km

99

에 이른다. 많은 문화유적과 전설을 지니고 있는 화염산은 손오공이 한 공주에게서 빌린 요술부채로 불을 껐다는 소설 서유기의 무대이 기도 하다. 입장료를 내고 '고창역사 인명관'으로 들어가면 복도 양쪽에 손오공의 내용을 부조로 벽면에 설치해 놓았다. 전시실 안으로 들어가면 현장법사를 비롯해 19세기 말과 20세기 초 서구열강들의 문화유적 도굴자들의 모습을 동상으로 만들어 그들의 횡포와 약탈에 대한 경각심을 일깨우고 있다. 화염산은 이름그대로 불타는 산이다. 주름처럼 잡힌 붉은 산 표면에 깊이 패인 골에서 한 낮의 뜨거운 지열이 피어오르면 마치 타오르는 불과 같다고 하여 붙여진 이름인데 이 곳에는 기네스북에 올라있는 대형 온도계 진구방이 있다. 현재 온도는 섭씨 47.5도를 가리키고 있는데 최고를 기록한 온도는 무려 87도였다고 한다.

100

화염산을 뒤로 하고 지척에 있는 베제크리크 천불동(柏孜克里克 千佛洞)을 먼저 찾았다. 천불동으로 들어가는 길은 계곡을 따라 지그재그로 이어지고 있으며 산세와 협곡이 웅장하여 마치 미국의 그랜드 캐년을 연상시킨다. 풀 한포기 없는 시뻘건 산 사이 깊은 계곡으로 무토고우(木頭溝) 강물이 흐르고 있고 강을 따라 키가 큰 초록의 포플러 나무는 산과 대비되어 더욱 짙게 보인다.

투루판 시내에서 약 50여 km 떨어져 있는 베제크리크는 위구르어로 '아름다운 장식이 있는 곳'이란 뜻이다. 베제크리크 석굴은 무토고우 서안(西岸)에 위치하며, 절벽이 1km 정도 펼쳐지는데 동굴의 형태는 장방형에 천장은 궁륭형으로 만들어져 있다. 83개의 동굴이 있으며 그 중에 43개 석굴에 벽화가 그려져 있고 벽화의 총면적은 약 1,200㎡정도

온도계 높이는 12m이며 직경은 0.65m이다.

베제크리크 천불동.

이다. 예배굴을 제외하고 승려가 수행하는 비하나굴(毗河羅窟)과 승려
들이 기거하는 숙소도 있다. 석굴들의 조성 대개 고창국(460-640
AD), 당 서주(640- 9세기 중반), 위구르고창국(9세기 중반-14세기
말) 등 세 시기로 나뉜다.

천불동 입구에서 우리 일행을 기다리고 있던 젊은 관리소 직원인
아파얼씨를 따라 무토고우 강이 내려다보이는 동굴로 향하였다. 현
재는 6개굴이 개방되어 있는데 먼저 27호굴과 33호굴의 안내를 받
았다. 일련번호가 매겨져 있는 굴 안으로 들어서니 빛바랜 벽화들만
이 군데군데 남아있는데 훼손되고 약탈된 석굴을 둘러보니 왠지 마
음 한 구석이 무거워지면서 답답함이 밀려왔다.

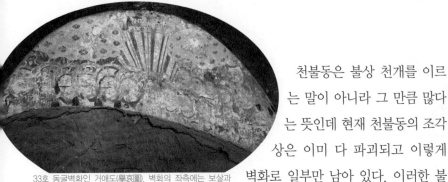

33호 동굴벽화인 거애도(擧哀圖). 벽화의 좌측에는 보살과 팔부중이, 우측에는 16국의 왕자들이 그려져 있다.

천불동은 불상 천개를 이르는 말이 아니라 그 만큼 많다는 뜻인데 현재 천불동의 조각상은 이미 다 파괴되고 이렇게 벽화로 일부만 남아 있다. 이러한 불교 유적의 파괴는 1383년 이슬람교가 신장지역으로 들어오는 과정에서 발생한 종교적 충돌과 1904년부터 1914년까지 영국, 독일, 러시아, 일본 등 탐험대들이 들이닥쳐 보물들을 마구 훼손시키고 강탈하여 갔다고 아파얼 씨가 못내 아쉬워하며 설명해 주었다.

16국 왕자들('신장웨이우얼자치구 박물관', 홍콩금판무화출판사).

천불동을 나와서 고창의 북쪽에 위치한 아스타나(阿斯塔那)고분으로 발길을 옮겼다. 아스타나는 위구르어로, '영원히 잠든 묘지' 또는 '휴식의 장소'라는 뜻이다. 유적지 중앙에는 복희여와의 커다란 조각상이 세워져 있는데 이 조각상은 이곳에서 발견된 그림을 기초로 만

든 것이다. 주변엔 아직도 발굴중인 고분들이 널려 있으며 이 고분들은 서진에서 당나라 시기(200-800 AD)까지 고대 고창국과 당나라 귀족들의 공동묘지였다. 고분은 투루판의 역사를 연구하는데 아주 귀중한 정보 창고로서 '지하박물관' 이라고 불리기도 한다.

이곳 고분에는 고창역사에서 많은 영향력을 가진 인물들이 묻혔는데 1959년 이래 400여개 이상의 무덤이 발굴, 연구되었으며 직물, 조각, 벽화, 책과 서류뿐만 아니라 다른 많은 수공예품들이 발굴되었다. 특히 꽃이나 새, 동물 등을 소재로 한 문직(紋織) 직물들이 상당히 발견되었는데 습기에 약한 직물들이 오랜 시간 보존될 수 있었던 것은 투루판의 고온 건조한 기후 때문이었다.

무덤 방 정면 벽에 그려진 벽화로 길이는 3.75m이고 높이는 1.45m이다. 붉은색 선으로 나누어진 6면에는 원앙, 오리, 꿩 등의 새와 난초, 나리와 같은 꽃이 표현되어 있으며 배경에는 산과 구름, 날아가는 제비도 그려져 있다.

뜨겁게 내리쬐던 햇볕이 주춤하더니 갑자기 바람이 강하게 부는데 과연 풍주(風州)의 고장답다. 아스타나 고분에서 나와 근처에 위치한 고창고성(高昌故成)으로 이동하였다. 흙으로 만들어진 성벽이 비바람에 깎인 채 무너져 내릴 것 같은데 더욱이 고창성의 외곽은 관리가 전혀 되고 있는 것 같지 않다. 한 사내가 성벽에 뚫려 있는 문을 통해서 소를 한 마리 끌고 나오는데 아마도 성을 마구간으로 쓰고 있는 것 같다. 입장료를 내고 성안에 들어서니 당나귀가 끄는 마차들이 입구에 진을 치고 방문객들을 기다리고 있다. 걸어서 둘러보기에는 시간이 충분치 않아 마차(대당 160위안) 2대에 분승하여 고성안내자와 함께 살펴보았다.

고성 내부도 거의 허물어져 건물의 형태를 알아볼 수 없을 정도인데 고성 성벽은 높고, 십자형의 거리와 해자가 여전히 남아있다. 성벽은 성을 3부분: 내성과 외성 그리고 궁성으로 나누는데 외성의 둘레는 정방형으로 5.4km이며 높이가 11.5m이다. 외성에는 측면 각각에 두 개의 문이 있으며 북쪽 성문에는 여전히 성벽이 서 있는데 가장 잘 보존되어 있다. 성의 면적은 220만㎡의 크기로 예전에 약 3만 명 쯤 살았다고 한다. 마차에서 내려 잠시 성내를 걸었다. 법당과 승방 등이 있던 유적 옆에 높이가 15m나 된다는 불상장식 건축물은 보수공사 중이었으며 작년부터 공사를 하기 시작하였는데 금년 7월부터 재개해 3년간 공사할 예정이라고 우리를 안내한 레이위(雷煜)씨가 말해 주었다.

104

고창고성 입구를 차지하고 있는 마차들. 왼쪽에 언덕처럼 생긴 곳은 절터로 고창시에 세워진 50여 개의 사찰 중의 하나였다. 언제 세워졌는지는 기록되어있지 않으나 15세기에 고창왕국이 망하면서 절도 파괴되었다.

이 고창성은 BC 1세기부터 만들어진 것으로 처음엔 고창벽(高昌壁)으로 불렸으며 고대 실크로드의 관문이었다. 고창군, 고창왕국, 서주, 회골고창, 화주 등 1,300여 년 동안 많은 역사적 정치적 변화 후에 고창성은 14세기에 이슬람 침입 때 전쟁으로 타버렸다. 당나라 슈안장(玄奘)이 천축으로 불경을 구하기 위해 가던 중 고창에 들렀을 때 고창왕 추웬타이(麴文泰)가 따뜻하게 맞아주었다고 한다. 고창의 이름은 BC 104년 서한의 장수 리꽝리(李廣利)가 다완(大宛:현재 중아아시아의 페르가나 분지)으로 쳐들어간 역사로 거슬러 올라간다. '고창(高昌)'이란 이름은 '지세가 높고, 사람들의 생활이 융성하다' 란 뜻이다.

오후 9시가 넘어 호텔(Silk Road Hotel)로 돌아와 저녁식사를 할 겸 근처의 야시장으로 나갔다. 천마가전초시(天馬家圓超市)라는 커다란 간판이 붙어있는 건물 앞 너른 자리에 우리네 포장마차와 비슷한 형태로 고치구이, 통닭, 교자 등을 팔고 있다. 안주삼아 주문한 양고기 고치는 향신료를 빼고 오직 소금만 뿌려 구워달라고 애원 하였고 교자는 직접 만들어준 피로 대원들이 빚어보기까지 하였다. 양고기와 야채로 다져 만든 속을 넣은 교자는 역시 야릇한 향신료 때문에 젓가락이 가질 않는다. 그렇지만 소금으로 간을 해서 구운 꼬치는 먹을 만 하였다. 수면시간이 부족한데다 냉방이 하루 종일 가동되는 차를 타고 다녔더니 2,3일간 몸 상태가 영 좋지 않다. 게다가 감기 기운까지 있어 걱정스러운데 독한 고량주를 몇 잔 했더니 피로가 파도처럼 밀려온다.

105

# 투루판의 지하 만리장성 카레즈

오늘 아침은 조금 느긋하게 호텔을 나서서 투루판 문물국에 들러 안내원을 한사람 대동하고 교하고성(交河古城)으로 향하였다. 교하고성 가는 길에는 벽돌로 쌓은 주택과 오래된 회교성원도 보이고 특히 당나귀가 끄는 마차가 여기저기서 눈에 띠는데 한 가족을 실은 마차가 뚜닥뚜닥 달려가는 모습이 마치 우리네 시골길을 달려가듯 정겨워 보인다.

미리 연락을 받았는지 우리를 안내하기 위한 젊은 사람이 남문 입구에서 기다리고 있었다. 반갑게 인사를 주고받고는 안내인을 따라 고성으로 올라갔다. 한 무리의 어린 학생들이 작은 오성기를 앞세우고 내려오는데 아마도 현장 학습을 나온 초등학교 학생들 같아 보인다. '니하오'와 '짜이젠'을 번갈아 사용하며 아이들과 손을 흔들어 인사를 나누었다. 오전인데도 벌써 날씨가 무척 덥다. 중국 사람들은 투루판을 화주(火州) 즉 '불의 땅' 이라고 부르는데 여름에 기온이 무려 섭씨 50도까지 올라가는 무더운 곳이다.

교하고성의 고대 도시는 투루판시의 서쪽 10km 쯤 에 위치한다. 교하고성은 야르나이즈 골짜기(雅爾乃孜溝)의 30m 높이의 동쪽 절벽에 세워졌으며, 동쪽 고원은 길이가 1,700m이며 폭은 300m에 달한다. 면적은 500,000㎡이르고 그 모양이 버드나무 잎처럼 길쭉하게

106

생겼으며 당시에는 8천에서 1만 명 정도가 이곳에 거주하였다고 한다. 고고학적 유물들은 차사(車師)족이 BC 2세기에 이미 여기에 살았음을 나타내며「한서·서역전(漢書·西域傳)」에는 차사전국(車師前國)은 도시를 따라 흐르는 강물로 둘러싸인 교하시(市)를 만들었다고 묘사되어 있다. 교하(交河)란 두개의 물줄기가 교차하는 곳으로 두 강 사이에 솟아 있는 천혜의 땅에 그들은 성을 쌓았다.

사찰에서 보수 공사하던 인부들이 철수를 하고 있다. 주전의 중앙 기둥에 불상이 놓였던 감실이 보인다.

중앙으로 난 길을 따라가면 정방형으로 탑의 길이가 16m, 폭이 15.6m 높이가 10m로 상하 3층으로 구성된 중앙대탑이 있고 이어서 망루가 나온다. 망루는 둘레가 88m 높이가 8.4m로 지하의 주실 1칸과 측실이 4칸으로 구성되어 있는 성내의 치안용 군사시설이라 할 수 있다. 그 뒤로 이 도시에서 가장 커다란 불교 사찰이 있는데 폭이 59m, 길이가 88m의 직사각형의 형태를 취하고 있다. 주전(主殿)과 우물, 회랑 등이 사찰 내에 남아있다. 불상을 모신 탑은 7, 8명의 인부들이 보수공사 중이었는데 카메라를 들이대자 감독관인 듯한 사람이 인부들을 철수시킨다. 분명히 돈을 내고 촬영허가서와 안내원

위구르 전통 춤사위의 포즈를 취해주며 함께 사진을 찍고 돈을 받는 것이 두 여인의 사업이다.

유라시아 대장정 탐사대의 100일간의 기록 1

까지 동반하고 왔는데 한참을 자기들끼리 이야기 하더니만 끝내 작업을 중지 시키는 것이었다.

고성을 보호하기 위해 바닥에 설치한 데크를 따라 올라가자 고성을 한 눈에 볼 수 있는 전망대가 나온다. 그런데 바로 앞에 구덩이 같이 깊게 파진 곳이 눈에 띠는데 한국에서 온 비구니스님과 보살님들을 안내하고 있던 한국인 가이드가 그것이 무덤이라고 일러준다. 성에 먹을 것이 없고 게다가 이슬람사람들이 쳐들어오자 적의 손에 죽느니 차라리 자기들 손으로 아이들을 죽이고 스스로 목숨을 끊었다고 하는데 여기서 발굴된 시신은 신장위구르 박물관에 있다고 한다. 하지만 200여 명의 많은 유아가 한꺼번에 이곳에 매장된 것에 관해서는 여전히 고대도시의 미스터리로 남아 있다고 한다.

여기서도 상혼은 유감없이 발휘한다. 나무 계단에 비치파라솔을 세워놓고 따가운 햇볕을 피해 여성 두 명이 앉아 있는데 이들은 위구르 전통복장을 하고 전통 춤 사위를 취해 주며 사진을 찍는데 20위안을 받는다. 이들도 여기서 돈을 받고 영업을 하는 대신에 1년에 8,000위안 정도를 고성관리소에 내야한다고 한다. 이들은 우리가 한국 사람임을 알아채고는 "오빠 사진 , 오빠 사진, 20원, 20원"이라고 손가락 두개를 펼쳐 보이며 입가에 미소까지 짓는데 동정심 반 호기심 반에 가격을 반으로 줄여 사진을 찍었다.

교하고성을 빠져나와 투루판의 오아시스가 존재할 수 있었던 독특한 관개시설인 카레즈(坎兒井)를 보기 위해 박물관으로 향하였다. '투루판 카레즈 박물관'에 들어서면 300~400년 전 청나라 때 만들어진 아이스카얼 아지 카레즈를 볼 수 있는데 길이가 10㎞에 이른다. 방문객들의 이해를 돕기 위한 실제 제작 과정도 그대로 보여주고

109

있으며 한 쪽에는 카레즈 건설에 헌신한 린저쉬이(林則徐), 쭈아쫑탕(左宗棠)의 어설픈 동상들도 세워 놓았다. 이곳을 흐르는 물로 인해서 땀이 쏙 들어갈 정도로 공기가 차갑다.

투루판은 여름에 지표 온도가 80℃ 이상 올라가고 평균 강우량은 16㎜ 이하이지만 증발량은 3,000㎜가 넘는데 이렇게 열악한 상황에서 물을 얻고 증발량을 막기 위해 고대인들이 착안해 만든 것이 바로 카레즈이다. 즉 텐산 산맥에서 내려오는 물을 슬기롭게 이용할 수 있는 지하수로 관개체계를 말하는데 건조하고 척박한 땅에서 살아온 사람들의 삶의 지혜를 엿볼 수 있다. 그들은 우물을 만 개 이상을 팠다고 하는데 투루판에 이런 카레즈 길이는 모두 5,000km로서 중국에서는 지하 만리장성으로도 불리고 있으며 동서 만리장성, 남북 대운하와 함께 중국의 3대 역사(役事)로 손꼽고 있다.

겨울철에는 물을 저수지에 저장했다가 얼음이 녹으면 사용하는데 특히 포도농사에 긴요하게 쓰인다고 한다. 투루판에서는 포도밭을 많이 가진 사람이 부자가 아니라 카레즈를 많이 가진 사람이 부자라고 하는데 사막에서 물이 얼마나 중요한지를 다시 한 번 생각하게 해준다.

카레즈에서 야채를 씻는 아낙네.

아이스카얼 아지 카레즈. 줄에 달려 있는 바구니는 카레즈를 팔 때 생기는 흙을 외부로 나르기 위한 것이다.

점심식사를 하고 아시아 씨와 해발 수위가 무려 154m나 낮다는 아이딩 호수를 찾아 나섰다. 시내에서 20여 킬로미터를 달려 한 위그르 마을에 도착해 몇 사람에게 가는 길을 물었는데 이들은 중국어를 전혀 알지 못해 아시아 씨가 위구르어로 말하고 중국어로 통역한 후 다시 한국어로 통역해야 하는 과정이 필요하였다. 그러니 이곳을 누가 중국이라 말하겠는가. 신장은 중국 땅덩어리의 1/6을 차지하는 곳으로 위구르인들이 한족보다 더 많이 거주하는 곳이며 동투르키스탄으로 불리는 곳이다. 따라서 소수민족에 대하여 정치적인 문제를 포함해 예민할 수밖에 없으며 상당히 조심스러운 곳이다.

한참을 달려도 나타나지 않는 호수를 포기하고 약속된 포도 농가를 방문하기 위해 호텔로 돌아와 물 한 모금 마실 틈도 없이 포도구로 향하였다. 포도구(葡萄溝)는 투루판 북동쪽 화염산 가는 길 국도 312번 도로 상에 접해있는 폭 500m, 길이 8킬로미터에 걸쳐 조성된 거대한 포도농원으로 관광상품화된 서양의 와이너리와 같다고 할 수 있다. 이곳에는 씨 없는 백포도, 로즈핑크, 흙포도, 카쉬하르, 비지앙간, 수오수오 등 다양한 포도 품종이 여기서 재배되고 있는데 포도는 고온 건조한 기후로 특히 맛이 달기로 유명하다. 아울러 근처에는 포도주 양조장이 있어 건포도만큼 여러 종류의 와인 생산된다. 원래 포도의 원산지는 이란으로 알려져 있지만 장치엔(張騫)이 실크로드를 착공한 이후에 파미르 고원을 넘어 중국에 들어온 것으로 투루판은 중국황실에 포도를 진상하는 고장이 되었으며 오늘날 세계적인 포도산지가 되었다.

위구르인 포도농장 주인 샤무시딩(夏木西丁)씨의 안내를 받아 포도밭을 한 바퀴 둘러보았는데 포도 알은 비록 콩알만큼 작고 익지도 않았지만 가지마다 주렁주렁 매달린 채 커가고 있었다. 7월 15일 경쯤

돼야 포도를 따기 시작하는데 품질이 좋은 것은 9월 달에 수확한다
고 한다. 투루판에는 약 160여 종의 포도가 있다고 하는데 이 농장에
서는 위에 열거한 종을 포함하여 20여 종 정도 재배한다. 8명이 500
평 정도를 경작하고 있고 포도 수확량은 전량 판매가 되며 상인들이
사러 오거나 본인들이 시장에 내다 판다고 한다.  2녀 1남을 둔 샤무
시딩 씨는 카레즈가 없어 텐산에서 내려오는 물로 포도밭을 경작하
는데 물이 많이 부족하며 카레즈를 하나 만들기 원하지만 비용이 자
그마치 60만 위안 내지 70만 위안이 필요해 만들 엄두를 못 낸다며
아쉬워하였다.

샤무시딩 씨 집에서 직접 판매하는 16 종류의 건포도.

포도구에서 호텔로 돌아오는 길에 성부처장의 안내로 음식점에 들
러 저녁식사를 하였다. 성부처장은 고량주를 한 병들고 오더니 서로
에게 유익하도록 협력하여 일을 잘 마무리 짓자며 한 잔씩 따라서 돌
렸다. 왜냐하면 어제 문물국에서 촬영허가 문제로 PD와 남선생 간에

약간의 불협화음이 있었기 때문이었는데 남성다운 그녀의 행동에 모두들 놀라는 눈치였다. 그녀는 술도 꽤 잘 마시는 것 같았다. 중국에서 공무원하려면 술은 기본적으로 마셔야 된다고 옆에 있던 미스터 오가 귀띔해 준다. 감기 기운이 가시지 않은 상태에서 독한 술을 덥석 두 잔을 연거푸 마셨더니 얼굴이 금방 붉어지며 취기가 오른다.

## 023
5월30일

# 서부대개발의 거점도시 우루무치

지난밤 과음 탓이기도 하려니와 감기 몸살 기운이 온몸으로 퍼지면서 컨디션이 아주 안 좋다. 목이 붓고 잠겨서 말하기도 불편하다. 아침식사도 하는 둥 마는 둥 시늉만 하였다. 휴식 없이 강행군을 해왔으니 피로가 쌓이고 체력이 떨어지는 것은 당연한 일. 게다가 날씨는 덥고 자동차 안은 늘 에어컨이 작동하고 있어서 이른바 냉방병에 시달리고 있다.

우루무치로 출발하기에 앞서 고창고성 위구르 마을에서 거리 풍경을 스케치 하였는데 바자르가 형성이 된 열십자 거리에는 활기가 넘친다. 양고기와 야채를 잘게 다져 속을 넣은 군만두 코우뽀우즈를 굽는 소년이 우리 일행을 보고 연실 웃고 있는데 웃는 모습이 모난데 없이 천진난만하다. 시뻘건 불길이 일어나는 화덕에서 만두를 굽는 솜씨 또한 보통이 아니다. 나이가 17세라고 하지만 더 어려 보이는 데 이곳에서 3년간 만두를 굽고 있다고 한다. 1위안을 내면 두 개를 주는데 방금 화덕에서 꺼낸 만두를 손으로 호호 불어가며 한 입 베어 먹어보니 그 맛이 일품이었다.

시내로 돌아와 잠깐 틈새시간을 이용하여 투루판박물관을 둘러보았다. 소장품들 중에서 1990년대 초 샨샨에서 출토된 것으로서 옛 직물에 싸여진 미라가 특히 인상적이었는데 2층의 한 전시실은 차지하고 있는 그들의 모습을 보고 있노라니 더위가 싹 가시도록 등골이 오싹해진다. 다음 일정 때문에 좀 더 머무를 수 없음을 아쉬워하며 급히 투루판 떠나 우루무치로 향하였다.

국도를 타고 흰 눈을 덮어쓰고 있는 텐산 산맥을 따라 또 다시 광활한 대지를 달린다. 우루무치로 가는 312국도는 다른 길과 달리 왕복 4차선의 고속도로였다. 우루무치에 가까워지자 도로 한쪽에 중국사해(中國死海) 신장염호(新疆鹽湖)라고 쓴 간판이 눈에 들어온다. 말 그대로 소금호수로 크고(17㎢) 작은(4㎢) 2개의 호수가 있는데 하얗게 만들어진 소금이 햇빛에 반사되어 눈부시도록 반짝인다. 그 호수를 따라 초지에는 양들이 뛰어놀고 차창 밖 멀리 대지에는 날개가 달린 수백 기의 신장다반쳉(新疆達坂城) 풍력발전소(동서 길이 80Km, 남북

신장다반쳉 풍력발전소.

홍산에서 바라다 본 우루무치 시내.

폭 20Km)가 시야에 들어온다. 312 도로는 지천으로 널려있는 발전소의 삼각날개가 달린 기둥사이를 관통해 달린다. 아시아 최대라는 이 풍력발전소를 감상할 수 있도록 도로 한 편에 작은 주차 공간을 만들어 놨는데 이곳의 간이 화장실은 두 번 다시 들어가고 싶지 않을 정도로 엉망이다. 도로변이 인분으로 밭을 이룰 수밖에 없는 이유다.

저녁 7시, 아직도 태양은 중천에 떠 있다. 우루무치(烏魯木齊) 도심에 들어와 제일 먼저 찾은 곳은 우루무치의 상징과도 같은 홍산공원이었다. 우루무치강 동쪽의 도심 한가운데 위치한 홍산(紅山)은 길이가 1.5km이고 폭은 1km에 달하는데 높이는 해발 910m에 이른다. 동쪽에서 서쪽으로 달리는 구릉은 붉은 색의 가파른 암석으로 마치 꿈틀거리는 용처럼 보이는데 암벽이 해에 비치면 붉게 빛난다 하여 홍산이라 불리게 되었다. 산기슭에는 인민공원인 홍산공원이 조성되어 있어 시민들의 휴식장소로 이용되고 있으며 홍산에 위치한 누각 '원조루(遠眺樓)'에 오르면 우루무치 시내가 한눈에 들어온다. 누각 바로 북쪽 바위 위에는 붉그스름한 색상의 9층의 진룡탑이 자리하고 있다.

서부대개발의 거점도시 우루무치는 위구르어로 "아름다운 목장"이라는 뜻이며 신강위구르자치구의 중심도시로 이다. 위그르족을 비롯해 한족, 회족, 카자흐족 등의 민족들이 오래 전부터 실크로드의 요충지인 이곳에 자리를 잡고 찬란한 고대 서역문명을 창조해냈는데 다양한 민족이 살고 있는 만큼 각기 다른 생활풍속은 우루무치의 특색 있는 문화를 형성하였다. 공원 아래 펼쳐지는 도심의 마천루 스카이 라인은 이곳이 새롭게 떠오르는 신실크로드의 거점 도시임을 짐작케 해준다.

호텔(新疆大酒店)에 여장을 풀고 저녁식사를 하기 위해 택시로 이동하여 한국음식점을 찾아 나섰다. 한글간판이 보여 얼른 차에서 내려 식당으로 달려갔는데 입구에는 촌스런 한복을 입은 위구르아가씨와 총각이 손님을 맞이한다. 모양만 한복 시늉을 냈지 완전 짝퉁이었다. 칙칙한 색상에다 직사광선에 상당기간 노출된 것 같이 색상이 바래고, 다림질도 하지 않아 구겨진 채로 우중충하다. 게다가 치마 속에 입은 청바지가 걸을 때 힐긋힐긋 보이는 것이 꼴사납다. 식당 창밖으로 보이는 거리엔 어둠이 내리고 사람들과 자동차로 점점 복잡해지면서 소음은 점점 커져간다. 서방세계와 다름없는 도시 풍경인데 색색의 네온 속으로 우루무치의 밤은 이렇게 깊어간다

116

# 신장박물관에서 만난 로우란 미녀

이른 아침부터 도심 한 복판은 출근하는 사람들과 차량들로 북적인다. 밀집한 차량들 사이를 뚫고 신장위구르자치구 박물관으로 이동하여 고고부(考古部) 연구원인 왕버어(王博) 박사를 만났다. 그는 도수가 제법 돼 보이는 두꺼운 안경을 끼고 있었는데 지나치게 차분할 정도로 조용한 성격을 지니고 있는 사람이었다. 그는 이 지역에서 출토된 유물들이 동서의 영향을 많이 받았다며 서역의 영향으로는 한나라 때의 자수직물에 표현된 말이나 동물들을 한 예로 들어주었는데 우루무치가 고대 실크로드의 요지였음을 간접적으로 설명해주는 것이다. 특히 이 박물관의 대표적 유물이라 할 수 있는 이국적 마스크의 미라 '로우란 미녀'를 자랑스럽게 소개하였다.

또 다시 소장유물 촬영을 하느니 못하느니 남선생과 피디가 실랑이를 벌이는 동안 개인적으로 소장품을 둘러볼 수 있는 시간을 가졌다. 이 신장위구르자치구 박물관은 1953년에 세워졌으나 2005년 개축하여 2006년 새롭게 개관하였으며 지역문화연구센터로서 기능을 다하고 있다. 박물관에는 수만 점의 귀중한 문화유물이 소장돼 있어 중국 사람들은 물론 많은 외국 사람들이 찾고 있다. 특히 신장에서 출토된 미라들이 박물관 2층에 전시되고 있으며 약품 처리된 이집트 미라와는 달리 고온 건조한 기후로 인해 그대로 자연 건조된 미이라

117

들인데 그 중에서도 로우란 미녀(樓蘭美女)는 금방이라도 잠자리에서 깨어날 듯 그녀의 입가에는 미소가 살아있다. 그렇지만 얼굴만 쏙 내민 채 천으로 감싸여 있는 갓난아이의 모습이 왠지 안스럽게 느껴진다. 여기에 안치된 미라들은 눈썹이나 손톱, 치아 까지도 생전의 모습 그대로인 까닭에 투루판박물관에서 보았던 미라들보다 오히려 친숙하고 생생하게 다가온다.

로우란 미녀는 1980년 고대 도시 로우란의 북쪽 철판강(鐵板江) 삼각주에서 발굴되었다. 3,800년 전의 것으로서 가장 초기의 그리고 가장 완전한 사체라 할 수 있는데 발견 당시에는 수면 상태였으며 나이는 40~45세로 추정된다. 키가 사망하기 전에는 156cm였지만 현재는 152cm이며 몸무게 10.7kg, 혈액형은 O형이다. 과학적인 측정으로 그녀는 고대 유럽인종으로 판명되었는데 그녀의 몸은 위쪽으로 향하고 있고 사지는 똑바로 뻗어 있다. 신체 전체는 마미단(馬尾緞)으로 감싸여 있으며, 깃털이 꽂혀진 타라이 모자를 쓰고 있다. 또한 그녀가 신은 가죽신은 여러 번 수선한 흔적을 보이고 있고 얼굴빛은 갈색이며 로만(Roman) 코와 쑥 들어간 눈, 기다란 속눈썹, 말쑥한 턱, 어깨를 덮은 직모의 머리, 몸에 조차도 깃털 장식을 하고 있으며 손톱은 아주 깨끗하게 남아 있다.

로우란 미녀('투루판박물관', 신장미술섭영출판사).

1992년에 일본에서 전시할 때 얼굴을 복원시킴으로써 아름다운 여

인의 모습으로 거듭 태어났으며 '로우란의 미녀' 란 이름을 얻게 되었
는데 그녀의 모습을 카메라에 담을 수 없어 안타까웠지만 예전에 경
주남산을 함께 오르던 정일근 시인의 노래를 그녀에게 들려주었다.

### 우루무치에서의 사랑

이국의 여자와 내가 말이 통한다는 것을 알았을 때
나는 이 사랑이 꿈인 줄 알았다. 깰까 싶어 두려운 꿈속
우리는 원형의 알타이어(語)로 사랑의 말을 주고받았고
사랑으로 입 안의 혀는 한없이 부드러워졌다
이 여자는 언제부터 내 마음을 따라왔던 것일까
이슬라마바드를 떠나올 때나 캐리코럼 하이웨이를 달릴 때에도
눈빛 맞출 여자 하나 보지 못했는데
돈황 석굴의 어둠 같은 깊은 눈빛으로
투루판의 여름 포도 향기 같은 달콤함으로
음악처럼 나에게 감겨드는 이 여자는 누구인가
우루무치에서의 사랑으로 나의 피는 수평을 잃어버렸고
여자의 낮고, 아득하고, 뜨거운 곳으로
나는 사마르칸트산 한지에 스미는 물처럼 천천히 침윤했다
여자의 몸에 감긴 비단을 벗겨낼 때마다
벗겨진 비단이 서쪽으로 길을 만들고
그 길 따라 낙타 무리가 돌아오는 소리를 들었을 때
나는 이 사랑의 끝을 알 수 있었다
꿈에서 깨고 나면 여자는 돈황의 석굴 속으로 떠나고 없을 것이다
나는 우루무치 낡은 삔관(賓館)에서 늦은 아침잠을 깰 것이고
입 안 가득 여자가 남긴 비단길의 뜨거운 모래만 남아 씹힐 것이다
인연이 있다면 신장 위구르족 자치구 박물관에서
미라로 남은 천년 전 여자를 나는 다시 만날 것이지만
그때는 아마 우루무치에서의 불 같은 이 사랑
차가운 얼음이 되어 모두 잊었을 것이니

# 투자유치에 발벗고나선 쉬허즈시

정신없이 5월을 보내고 6월을 맞았다. 베이징을 출발한 이래 쉼 없이 이어지는 빠듯한 일정으로 점점 몸은 지쳐가고 피로는 쌓여간다. 우루무치를 떠나며 복잡한 도심 속의 인민 광장을 찾았다. 중국 인민 해방군진군 신장 기념탑이 중앙에 우뚝 서있고 그 주변으로 널따란 광장엔 각종 텐트가 쳐져 있는데 곳곳에서 스피커를 통해 들려오는 요란한 음악소리가 귀를 따갑게 한다. 텐트 안에는 각 종 이벤트 행사로 정신이 없고 어느새 광장에 사람들로 북새통을 이루고 있었다.

이렇게 시끄러운 이유는 오늘이 중국에서 '국제아동절'이기 때문인데 우리나라로 치자면 어린이 날인 셈이다. 많은 엄마들이 아이들의 손을 잡고 나와 즐거운 시간을 보내고 있다. 우루무치를 빠져나가는 길에 베이징난루(北京南路)를 달리다 길가에 한글 간판과 함께 태극기가 걸려있는 식당이 눈에 띄기에 차를 세우고 점심식사를 하였다. 간단히 국수로 점심을 할까하고 위구르 식당을 찾는 중 이었는데 느닷없이 '쯔빠빠(滋叭叭)'란 한국식당의 등장으로 대원들의 의사를 물어볼 겨를도 없이 자연스럽게 발길을 그리로 옮기게 된 것이다. 영문으로 'Zibaba'라고 쓰여 있어 발음 그대로 '지바바'라고 읽었더니 옆에서 듣고 있던 남선생이 '지'는 '닭'이고 '바바'는 '똥'이라고 말해주면서 빙그레 웃는다.

　이 식당 역시 주인은 중국 사람이며 작은 키에 머리가 벗겨진 심양 출신 조선족인 김은성(38)씨가 주방에서 일하고 있었다. 그는 한국 음식 만드는 법을 이곳 사람들에게 가르쳐 주기 위해 2년 전에 왔다고 한다. 돈벌이는 좀 되냐는 말에 중국에서는 주방장 힘이 세다고 하면서 좀 규모 있는 식당이나 레스토랑은 수입의 일정부분을 주인과 주방장이 나눈다는 말로 대신한다. 우리하고는 다른 시스템이지만 주방장의 손맛이 식당의 성패를 가르는 일이니 한편으로 이해가 간다.

무늬만 한복을 입고 있는 종업원들.

색이 바라고 구거저 우중충하다.

　텐산 산맥을 끼고 우루무치에서 고속도로를 따라 약 150km를 달려 쉬허즈(石河子) 시로 　빠져나가니 시정부 사람들이 마중 나와 기다리고 있었다. 쉬허즈는 텐산 산맥 북쪽 기슭 마나스(瑪納斯) 강가에 위치하고 있으며 중국 국무원으로부터 2000년 4월에 국가급 경제기술 개발구로 지정되었다. 그들의 안내를 받아 '석하자경제기술개발구'라고 쓰여진 커다란 간판이 벽에 걸려있는 건물로 들어섰다. 카메라 플래시 세례를 받으며 곧바로 회의실로 들어가니 한 무리의 관리들이 대원들을 정중히 맞아주었고 모형으로 만든 쉬허즈 시내 전경을 보면서 꼼꼼히 설명을 해주었으며 DVD로 제작된 시홍보물도 관람을 하였다. 아울러 쉬허즈시의 경제에 관하여 긴 설명을 들었는데 투자 유치를 위해 최선을 다하는 모습에서 50만 인구의 쉬허즈시가 서부대개발의 선두주자로 부상한 이유를 알 것 같았다. 한국에서는 아직 이곳에 투자한 기업체가 없다며 좋은 그림을 찍어서 홍보를 잘해줄 것을 잊지 않고 당부한다.

석하자시 관계자로부터 경제개발구에 대한 구체적인 설명을 듣는 있는 대원들.

저녁이 되서야 쉬허즈를 빠져나와 312국도를 타고 약 80여 km를 달려 어둠이 내린 10:30분경에 쿠이둔(奎屯)에 도착하였다. 이곳 쿠이둔은 개발된 지 40년 정도로 쉬허즈보다 10년 정도 후발 신도시라고 한다. 우루무치처럼 고층빌딩에 휘황찬란한 네온사인은 찾아볼 수 없을 정도로 아주 조용하고 깨끗한 동네다. 호텔 창문을 통해 막 서쪽으로 지는 붉은 노을이 아름답다.

신장자치구에서 남은 일정을 함께 하기로 했던 성부처장이 무슨 이

유에서인지 오늘 아침 우루무치를 떠날 때 룽자승(龍家勝, 38) 차장으로 바뀌었다. 작은 키에 단단하게 생긴 그는 금속테의 안경을 끼고 있었으며 목소리에 힘이 실려 있고 아주 씩씩하였다. 마치 군에서 갓 제대한 사람처럼 절도가 있는데 그의 아내는 대장금 드라마를 아주 좋아한다고 한다. 영어는 잘 못하지만 러시아어를 비롯해 카자흐어와 위구르어도 조금 할 수 있다며 자신을 소개하면서 술은 젊었을 때 보드카를 많이 마셔 지금은 아주 조금만 마신다며 너스레를 떠는데 식사 중에 맥주 한 잔을 받아든 그에게 더 이상 술을 권하지 않았다.

# 026
6월 2일

## 톈산의 비경을 가슴에 안고 달리다

호텔을 나서면서 톈산을 넘어 나라티까지 갈 수 있는지, 거기서 쿠처(庫車)까지도 이동하는 것이 가능한 일인지 확실한 정보를 얻기 위하여 몇몇 사람들에게 물어 보았으나 정확한 대답을 들을 수 없었다. 어떤 이는 길이 통제됐다고 말하는가 하면 아무 문제없다고 하는 사람도 있다. 쿠이둔에서 차량으로 관광객을 실어 나른다는 한 사람은 자기가 갔다 왔다고 하면서 나라티까지는 가능하고 쿠처까지는 길이 안좋을 뿐더러 낙석의 위험을 안고 있어서 통제됐다고 한다. 직접 갔다 온 사람의 말이니 믿어도 좋을 것 같다.

돌고
　　돌아
또
　　돌아서
나라티 가는 길…

텐산 산맥의 이리언하비얼가산을 관통하는 217번 도로를 따라 달려가다 보면 이리저리 옮겨 다니며 풀을 뜯는 양떼들과 자주 만나게 되는데 처음 겪는 우리로서는 양떼나 혹은 소, 말들이 놀래거나 혹시라도 차와 충돌하지 않을까 싶어 조심조심 경음기를 누르며 천천히 통과하는데 이 길에 익숙한 사람들이 탄 오토바이나 트럭 등의 차량

만년설이 덮여 있는 험준한 산을 넘어가는 철낙타.

들은 빵빵거리며 잽싸게 빠져나간다. 하기야 그 많은 양떼가 길을 비켜줄 때까지 기다리기란 쉽지 않을 것이다. 그렇다고 양치기가 차량을 배려해서 양을 몰고 다니는 것도 아니고 서로가 알아서 지나가면 되는 것이다.

점점 고도를 높이자 서서히 하얀 눈을 머리에 이고 있는 봉우리들이 가까워진다. 바람이 차가워지면서 기온이 점점 빙점 근처로 내려가기 시작한다. 뱀이 지나가듯 산허리를 깎아 만든 길을 빙빙 궁궁을

을(乙乙乙) 돌고 돌아 정상으로 향해 달린다. 도로 곳곳에 벼랑에서 굴러 떨어진 돌들이 긴장감을 더해 주는 반면에 파란 하늘에 하얀 뭉게구름은 마음을 가볍게 해준다. 산록엔 말로 표현할 수 없는 형형색색의 바위와 풀 등 자연이 빚어 놓은 절묘한 조화가 온천지에 펼쳐지는데 나무 한그루 살지 않는 바위산이 이렇게 아름다운지 미처 몰랐다. 정말 환상적 풍경이 톈산 자락을 휘감는다.

고도 3,000m를 지나면서 만년설의 속살이 드러나기 시작한다. 드디어 만년설을 발아래 두고 손으로 만져보는 순간, 묘한 감정에 이끌려 혼절할 뻔 했다. 3,000여m를 수직상승해서 만년설을 몸으로 느끼게 될 줄이야. 그런데 산 아래서 바라보았던 눈이 아니다. 눈이 쌓이고 또 쌓이고, 녹으면서 얼고 또 쌓여 만들어진 얼음바위었다. 바위덩이처럼 단단한 얼음은 소리 없이 녹아내려 설수(雪水)가 되어 하얀 선을 그리며 대지로 낙하한다.

GPS 해발고도 3,200m, 영상 3도씨, 마치 스위스 융프라우요흐의 얼음궁전을 지나가듯 눈으로 덮인 산정의 얼음 터널을 지나가는데 혹시나 붕괴되지 않을까 또 한 번의 긴장감에 휩싸인다. 어두컴컴한 하부러건수이도(哈布勒根隊道) 터널(수이도(隊道)는 터널을 뜻하는 말) 지나 눈 덮인 산정 도로에서 잠시 차를 세웠다. 그런데 그 파랗던 하늘에 갑자기 구름이 몰려들더니 눈발이 날리면서 톈산의 뾰족뾰족한 봉우리들을 지워버리고 말았다.

가벼운 옷차림에 한기를 느끼며 얼른 자동차에 시동을 걸어 산 아래로 줄행랑을 쳤다. 하산 길도 역시 시선을 어디에 고정시켜야할지 모를 정도로 절경이고 비경이다. 하지만 풍광에 정신을 팔다가도 시장기가 발동하는 것은 어쩔 수 없다. 금강산도 식후경이란 우리네 만고불변의 진리가 천하의 톈산 설경 앞에서도 힘을 발휘한다. 톈산을 넘어가게 되면 점심 식사할 때가 없으니 삶은 계란 두어 개 씩를 꼭 챙기라고 호텔에서 아침식사를 할 때 남선생이 당부하듯 말하였는데 역시 경험자의 한마디에 귀를 세운 보람이 있어 삶은 계란은 한 끼의 식사를 대신한 훌륭한 요기 거리가 되었다.

텐산을 넘어서니 다시 초록의 대지위에 갖가지 들꽃이 피어 있고, 설수는 내(川)가 되어 흐르는데 그 물길을 따라서 유목민의 텐트 유르트가 서 있고 소, 말, 양들이 한가롭게 뛰어논다. 저 멀리 다리 건너에 우뚝 솟은 하얀 탑이 먼저 시야에 들어오는데 옆에 앉아있던 용처장(룽자승)이 탑에 대해서 간단히 설명해주었다. 다행히도 잠시 쉬어갈 수 있는 여유가 생겨 남선생과 함께 탑을 찾았다. 이곳을 관리하는 첸준구이(陳俊貴, 48)씨가 탑에 관한 내용을 설명을 해주었는데 당연히 중국어를 모르는 나에게 남선생이 에스파란다어 외에 손짓까지 더하고, 한자(漢字)를 종이에 써가면서 다시 설명을 해주었다. 탑 뒷면에 한자로 적어 놓은 글을 힐긋힐긋 쳐다보면서 설명을 들으니 이해가 되었다.

217국도 건설 위령탑.

첸준구이.

이 탑은 217국도를 건설하면서 사망한 사람들을 기리는 위령탑이다. 1974년부터 1984년까지 10년간 공사를 하였는데 총 길이 523Km로 공사 중 128명이 사망하였으며 평균연령이 18세였다고 한다. 험준한 산악에 길을 냈던 이들은 군인들로 꽃다운 청춘을 톈산에 묻은 것이다. 첸준구이 씨도 1979년에 이 공사에 투입된 사람 중에 한 사람이었는데 대단히 힘들고 어려웠던 공사였다고 그 당시의 기억을 더듬는다. 이들의 무덤은 탑 바로 옆에 자리하고 있으며 열사(烈士) 칭호가 새겨진 하얀 비석들을 세워놓았다.

톈산을 넘어 나라티(那拉提)에 도착하니 미리 연락을 받은 신유안현(新源縣) 외사과의 쥐야씨가 우리를 기다리고 있었다. 대장정 팀이 가는 곳마다 그 지역 외사과에서 안내를 도맡아 해주었다. 그녀는 카자흐족이었으며 나라티는 카자흐족 자치지역으로 이곳에 하곡초원(河谷草原)은 국가지정 4에이(AAAA) 관광구(A에서 AAAAA까지 다섯 단계로 나뉜다)다. 게다가 하곡초원에서 산을 하나 넘어가면 중국의 4대 목장 중에 하나인 공중초원(空中草原)이 자리하고 있는데 말 그대로 하늘 언저리에 있는 방대한 풀밭이다. 이곳에 아이들은 4살이면 말을 탈 줄 안다는데 초원에는 수십 명의 아이들이 말을 타고 나와 관광객을 맞이하고 있다.

신유안현의 나라티는 광활한 초원, 밀집한 수목 등으로 전형적인 아름다운 풍경을 간직하고 있는 곳이다. 전설에 의하면 징기스칸 군대가 봄에 서역정벌 중 톈산 깊은 골짜기에서 이쪽으로 들어왔는데

나라티 하곡초원

카자흐족 어린이가 자기키만 한
악기를 들고 연주 흉내를 내고 있다.

사냥용 독수리를 팔뚝에 앉혀놓고 전통
사냥법을 설명하고 있는 카자흐족 노인.

유목민에게 있어서 중요한 재산이자
먹거리인 양을 잡고 있는 소년들.

갑자기 눈이 내리게 되었고 군사들은 아주 얇은 옷을 입고 있어 아주 어려운 상황을 맞게 되었다. 그러다 산등성이를 터벅터벅 걷고 있던 중 그들 앞에는 유토피아 같은 풍경이 나타났는데 모두가 이에 감탄하여 "나라티, 나라티"라고 외쳤다. 그리하여 그런 이름이 남겨지게 된 것이었다.

하곡초원에는 약 50가구의 하사크족(카자흐족) 사람들이 방목을 하고 살며 이곳을 여행하는 관광객들에게 숙식 제공하고 있다. 우리는 3대가 함께 사는 시아오쩡(小曾)씨 카자흐 잠파로 안내되었다(몽고인은 빠오, 중앙아시아에서는 겔, 유루트 등으로 불리는데 이곳에서는 카자흐 잠파라고 부른다). 안내를 받은 두 동의 잠파 중에 한 동의 내부는 아주 화려하게 치장이 된 신혼부부를 위한 잠파였다. 잠시 후에 준비된 음식들이 나오는데 식탁에는 이미 큼지막한 낭이 여러 개 놓여 있고 할머니가 다소곳이 앉아 손수 차를 따라준다. 차는 두 가지 종류를 마시는데 하나는 차잎을 끓인 물에 소금을 약간 넣어 마시는 카라차이와 여기에 소젖을 탄 악크차이가 그것이다. 소금을 넣어서 짠듯한데 소젖 때문인지 끝 맛은 구수하다. 이외에 소, 말젖으로 만든 여러 가지 음식이 차려졌지만 처음 대하는 우리로서는 아무리 배가 고파도 눈치를 봐가며 식사를 할 수밖에 없었다.

신유안현 인구 30만 명 중 약 14만 명이 카자흐족이며 나라티에는 3만 명 정도가 산다. 손님을 반갑게 맞이해주는 관습을 지닌 카자흐족은 소, 말, 양 등의 목축업과 농업을 주로 하며 이런 초원 생활은 보통 4월부터 10월까지 이어진다. 그러나 관광객들은 대개 6월 20일 경부터 이곳을 많이 찾는다고 하는데 그렇지만 여기는 중국에서 여행객들에게 개방되지 않은 5곳 중의 하나인 까닭에 외부사람들에게 상당히 민감하다고 한다. 특히 숙박은 할 수 없게 되어 있어 잠파에서 하루를 묵을 수 있었던 것은 외사과에서 특별히 배려한 것이라고 한다. 아울러 주변에는 많은 군인들이 상주하고 도처에서 주시하고 있기 때문에 조심해야 하고 군인을 대상으로 사진을 찍는 것조차 엄격히 금하고 있다.

# 027

6월 3일

## 푸른 초원에 카자흐 잠파를 세우다

잠파에서 하룻밤은 외국인이 우리의 전통한옥을 체험한 것만큼이나 흥미로운 경험이었다. 단촐하게 나무로 만든 식탁에서 함께 모여 식사를 하고 함께 잠을 잔다. 요즘 말로 치면 원룸인 셈인데 아주 단순한 구조다. 방 하나에 이불 몇 채와 옷을 넣어두는 작은 장이 전부다. 풀을 따라 이동해야하는 유목민의 생활 방식이기 때문에 간단히 설치해야하고 해체해야 만큼 잠파 안에 가재도구도 단순할 수밖에 없다.

하룻밤의 잠파 생활을 마치고 떠날 준비를 하였다. 그런데 1박 3식에 따른 숙식비가 2,950위안(우리 돈 약 39만원)이나 나왔다. 우리 상식으로는 엄청난 액수가 아닐 수 없는데 이 정도 값이면 5성 특급호텔에서 머무를 수 있는 액수이기 때문이다. 오늘 오후에 우루무치로 돌아가면서 찡허(精河)의 한 식당에서 10명이 배불리 먹은 점심 값이 187위안이었었는데… 물론 초원에서 맛볼 수 있는 특별한 경험이라고 하지만 엄청나게 비싼 가격에 돌아서는 마음이 무거웠다.

카자흐 전통가옥 잠파를 세우는 곳을 찾아보기에 앞서 이 마을에서 나이가 가장 많다는 83세의 산스즈바이(桑斯孜拜) 할아버지 잠파에 잠시 안내되어 인사를 나눌 수 있었다. 시커먼 얼굴에 양모로 만든 전통모자와 흰 수염이 인상적이다. 80대 나이에도 여전히 건강한 모

134

습이었는데 그는 그들의 전통생활에 관해서 그리고 요즘 젊은이들의 사고에 관해서 그의 생각을 들려주었으며 먼 길을 떠나는 우리에게도 건강하게 여정을 마칠 수 있도록 기원 해 주었다.

도로를 따라 가면서 양과 소의 무리를 뚫고 지나가기를 몇 번 되풀이 한 끝에 초원에서 잠파를 짓고 있는 아울라이(43)씨를 만났다. 몇몇 사람들이 이곳을 떠나기 위해 짐을 싣고 있는가하면 반대로 이곳에 정착하기 위해 찾아 사람들로 분주하다. 이들은 소와 말에 짐을 싣고 이동하는가 하면 대형트럭에 동물과 가재도구를 챙겨 이동하는 사람들도 있다. 이렇듯 우리가 생각했던 유목민의 이동과는 상당히 거리가 있는 것이 오늘날의 현실이다.

이동은 아무 곳으로나 본인 의사에 따라 자유롭게 할 수 있는 것이 아니라 일정한 수속을 밟아 정부에서 정해주는 곳으로 이동하는데 독자적으로 옮기는 것이 아니라 몇 가구가 함께 움직인다. 아울라이 씨는 나라티 제 2대대 소속으로 아들 둘에 딸 둘을 둔 가장이며 친구인 몇 가구와 함께 이곳으로 이동해 왔다고 한다. 이렇게 옮겨 다닐 수 있는 초지도 국가가 50년간 빌려주는 것이며 아이들은 교육상 한 곳에 머무르게 되는데 여름방학엔 아이들이 일을 도우러 온다고 한다. 아울라이 씨는 작년 5월에 이곳으로 왔다가 돌아간 후 오늘 다시 이곳을 찾았으며 앞으로 약 4개월간 머물 예정이라고 한다.

잠파는 2시간 내지 3시간 정도면 세우거나 해체시킬 수 있다. 예전에는 모두 목재나 양털을 이용해 만들거나 직물을 손수 짜서 만들었는데 요즘은 화학 섬유를 사다 쓰거나 목재 대신 철재를 사용하기도 한다. 시대가 변한 만큼 현대적인 재료를 사용하고 있는데 그 만큼 시간도 절약되고 값싼 재료를 이용하고 있다. 한낮의 뜨거운 태양 아래서 그들을 도와 한 동의 잠파를 세웠다. 그 작업 과정을 살펴보자.

135

# ⟨잠파 세우기⟩

❶ 이스크(문)과 케르케(벽면)를 먼저 세운다.

❷ 천정구실을 하는 창락(반구형으로 원주를 따라 구멍이 뚫려있다)
을 세운다.

❸ 욱(서까래)을 창락의 구멍에 끼우고 케르케에 끈으로 고정시킨다.

❹ 빠오(끈)를 창락에 걸어둔다(빠오는 예전에 손으로 짰다).

❺ 발처럼 짠 시이를 케르케에 두르고
  샌빠오(끈)로 욱에 감아서 고정시킨다.

❻ 양모로 짠 투루둑을 케르케에 두른다.

❼ 우주크를 욱에 덮는다(천장역할). 우주크에 달려 있는 샌빠오를 투루둑에 묶는다.

❽ 바람 등에 대비하여 다르칸이라 불리는 끈으로 돌려서 고정 시킨다.

완성된 잠파

❾ 마지막으로 퉁루크를 창락 위에 덮는다. 퉁루크는 환기와 채광, 통풍을 돕는다.

잠파 설치에 일조한 후 시냇가에서 햇반과 짜장, 카레 등으로 점심 식사를 하고서 공중초원(空中草原)을 찾았다. 어제 하루를 묵었던 하곡초원(河谷草原)을 지나 좁은 산길을 빙빙 돌아 산을 넘어가면 말 그대로 공중에 떠있는 듯한 대초원이 만년설 아래 펼쳐진다. 자동차가 초원입구에 다다르자 말을 탄 한 무리의 청년들이 쏜살같이 달려온다. 그리고 초원 한 쪽에선 저희들끼리 장난삼아 게임을 하는데 말을 탄 채 회초리 같은 작은 막대를 20여명이 서로 빼앗으려고 달려드는 모습은 실로 박력이 넘친다. 더욱이 말안장도 없이 말고삐 하나에 의지한 채 신나게 달리는 것을 보면 타고난 유목민의 피를 인정안할 수 없다. 말을 마치 장난감 다루듯 자유자재로 움직인다.

공중초원에서 빠져나와 쥐야 씨와 신유안현에서 작별을 하고 218번 국도를 따라 이닝으로 향한다. 다시 광활한 초지가 펼쳐지고 석양이 스며드는 이리강의 줄기가 또 하나의 그림을 만드는데 이리강은 카자흐스탄 발하쉬 호수까지 이어진다. 밤 11시 30분 칠흑 같은 어둠을 뚫고 신장의 넘버 쓰리 이닝(伊寧)시의 호텔에 도착하였다. 열쇠를 받아들고 짐을 풀기가 무섭게 역시 남선생의 발 빠른 행동 덕분에 비록 자정이었지만 호텔 레스토랑의 문을 두들겨 식탁에 앉을 수 있었는데 아무래도 중앙정부의 힘이 세긴 센 것 같다. 어째든 식사는 새벽 1시가 되어서야 마칠 수 있었다. 허기가 진후에 과식을 하였더니 몸도 무겁고 더욱이 밀려오는 피로에 눈까풀이 천근만근 자꾸 밑으로 처진다.

139

# 길이 막혀 우루무치로 발걸음을 돌리다

이닝에서 맞은 아침이 왠지 버겁다. 날씨가 잔뜩 흐려서인지 아니면 지난밤 늦은 식사 때문인지 몸놀림이 몹시 부자연스러운 것이 영 개운치 않다. 나라티에서 쿠처로 넘어가려던 계획이 무산되면서 또다시 일정을 조종해야만 하였다. 쿠처로 가기 위해서는 다시 우루무치로 돌아가야 하는데 서둘러 이닝을 떠나지 않으면 안 되었다. 지난밤 거의 자정이 돼서 도착한 이닝시는 단 9시간을 머문 곳이 되고 말았다.

음산한 날씨에 비가 한두 방울 떨어지기 시작한다. 비록 내리는 시늉만한 아주 적은 양이었지만 어쨌거나 오랜만에 비를 만났다. 한 무리의 양떼가 갈 길 바쁜 길을 막아서고 있고 한쪽에선 중장비 등 공사차량들이 바쁘게 움직이며 터널을 뚫고 길을 확장하는 공사가 한창이다. 또 다시 텐산을 넘어가는 길엔 대형트럭들이 쉬지 않고 뽀얀 먼지를 일으키며 달려온다. 도로공사에 대형트럭에 제 속도를 내기가 쉽지 않다. GPS 고도 2,200m를 넘으니 사이리무호수(賽里木湖)가 등장하는데 이곳은 몽고족 자치지역이다. 주변 구릉에는 빠오가 많이 서있고 숙박시설도 눈에 띤다. 우리가 탄 자동차가 들어서자 서너 명의 말탄 청년들이 몰려나와 반갑게 일행을 맞이해 주었다.

중국 사람들은 자동차를 손볼 때 돌을 이용하여 주위를 확보하는데 돌을 치우지 않고 가버려 사고의 위험에 노출되어 있다. 특히 야간운전 시에는 더욱 조심해야 한다.

15년 전만 하더라도 이곳에는 사람들이 살지 않았다고 한다. 사람들이 자주 왕래하다보니 자연스럽게 마을이 형성된 듯싶은데 호수의 물은 차갑고 수심이 깊어 원래는 물고기가 살지 않았지만 1993년 바이칼 호수에서 서식하는 물고기를 이곳으로 옮겨오면서 이제는 물고기가 많아져 여기서 잡은 물고기를 핀란드, 스위스 등으로 수출하고 있다고 한다. 특히 일본사람들은 회로 즐긴다고 하는데 이 물고기 이름이 무엇인지는 이곳에 대하여 설명해준 용차장도 기억이 나지 않는다고 한다.

찡허(精河)에서 점심식사를 하고 다시 312국도를 타고 달린다. 중앙분리대에 4578이라는 사인이 눈에 띄는데 국도를 달리다 보면 이와 같은 숫자가 적힌 사인을 접하게 된다. 이는 312국도가 대륙의 동쪽에서 시작되는 옌잉강으로부터 4,578km 떨어져 있음을 나타내고 있다. 이 숫자로 볼 때 312국도는 동서로 약 5,000km를 가로질러 달리고 있음을 알 수 있는데 중국대륙의 크기가 어느 정도 인지 실감할 수 있다.

텐산은 여전히 변함없는 모습으로 우리와 함께 달리며 골짜기 마다 생명수를 흘려보내고 있다. 중간 중간 오아시스를 따라서 마을과 도시들이 형성되어 있는 것은 바로 이 텐산의 설수 때문인데 신으로부터 텐산을 물려받은 중국 사람들은 복받은 사람들이 아닐 수 없다. 엄청나게 너른 사막에서 푸르름으로 유지할 수 있다는 것은 대단한 축복이다.

칭따오 맥주만큼이나 맛이 좋기로 이름난 맥주의 고장 '우수(烏蘇)'를 알리는 사인이 보이고 이틀 전 우리가 텐산 산맥을 넘어가기 위해 하루를 묵었던 쿠이둔을 막 지나쳤다. 우루무치 톨게이트를 지나 서서히 어둠이 내리기 시작하는 고층빌딩 숲 속으로 들어서는데 한국에서 온 단체관광객을 태운 버스가 우리 철낙타 옆으로 바짝 붙이더니 손을 흔들어 준다. 이국에서 만나는 자국민에 대한 반가움, 한국인 특유의 혈연 중심의 동질성이 유감없이 발휘된다. 반가운 것은 우리도 마찬가지여서 대원들도 손을 흔들어 답을 해주었다.

늦은 시간 다시 원점인 우루무치로 돌아왔다. 텐산을 가운데 두고 1,800여 km를 한 바퀴 돈 셈이다. 텐산에 길 하나가 막힘으로써 이렇게 많은 시간을 낭비하게 되었다. 1년 전에 무너진 내린 길이 아직도 보수가 안되는 것을 보면 예산도 예산이겠지만 텐산이 얼마나 험한 지형인가를 단적으로 보여주는 것이 아닌가 싶은데… 어쨌거나 그들의 만만디도 한 몫 거드는 것 같다.

사이리무 호숫가에서 말들이 한가로이 풀을 뜯고 있다.

# 고속도로에서 의외의 복병을 만나다

144

아침 식사 후 자동차의 엔진오일을 교환하기 위해 정비소에 들어 갔다가 11시 경에 우루무치를 출발하였다. 복잡한 도심 속을 빠져나와 홍산공원을 바라보며 달리는데 용차장은 제한속도가 70km라며 가끔 스피드 건으로 단속하니 조심하라고 한다. 곧 G216번 국도 사인이 보이고, 이어서 312번 국도로 연결되는데 제한속도는 소형차가 시속 120km로 두 배정도 뜀박질한다. 중국의 도로 표지판에서 볼 수 있는 X는 Xian의 머리글자로 현도(縣道), S는 Sheng으로 성도(省道), G는 Gueo로 국도(國道)임을 나타낸다.

물 한 방울 흐르지 않고 있는 메마른 우루무치 강을 지나서 톨게이트를 빠져나와 지난번 투루판을 떠나 우루무치로 왔던 길을 다시 돌아가려니 한숨이 저절로 나는데 풍력발전소의 바람개비들은 천천히 회전을 하면서 다시 우리 일행을 맞이해 준다. 중국사해(中國死海) 신장염호(新疆鹽湖)를 거쳐 한참을 달리다 투루판 방향과 갈라지는 314번 국도(우루무치-카슈가르)를 바꿔 타고 달리면 어제 보았던 초원은 온데간데없고 다시 황량한 사막이 펼쳐진다. 후미에서 부는 강한 바람에 자동차가 한 것 탄력을 받는다. 어느새 외부 온도는 섭씨 40도를 가리키고 있는데 이제 시작된 유월의 시작점에서 앞으로의 여정이 걱정스럽다. 아스팔트에는 아지랑이가 무럭무럭 피어오른다.

회족식당에서 길이 열리기를 기다리는 사람들. 더운 날씨에 모두들 지쳐있다.

탄탄대로 평지 길에서 벗어나자 협곡 속으로 빨려들어 간다. 돌과 모래로 이루어진 산과 산 사이로 이어진 아스팔트 길을 빙글빙글 돌아 달린다. 경사가 급하진 않지만 짐을 잔뜩 실은 트럭들의 발걸음이 힘겹게 느껴진다. 톈산이 엄청나게 커다란 덩치이다 보니(장장 2,500km) 푸른 초지뿐만 아니라 이렇게 돌산까지 다양한 모습들을 하고 있다.

톈산을 훌쩍 넘어 다시 사막을 달린다. 작은 오아시스 마을 쿠미시(庫米什)를 지나자마자 고속도로 한가운데서 도로 관계자가 갑자기 길을 막는다. 이유인즉 유조차가 사고 나는 바람에 길을 통제 하고 있다고 한다. 어쩔 수 없이 지시하는 데로 국도를 빠져나와, 마침 점심 식사 시간이기도 해서 휴게소에서 식사를 하기로 하였다. 국도를 빠

져 나오니 허름한 식당들이 길 옆으로 늘어서 있는데 별로 눈길이 가지 않는다. 사람들이 많이 모여 식사를 하고 있는 회족식당으로 가서 라그만(拉面)이란 음식을 주문하였다. 손칼국수처럼 두꺼운 면

라그만. 양고기에 고추, 양파, 마늘, 토마토 등으로 양념된 소스를 면에 얹어 먹는다. 고추가 들어가서 매운 맛이 강하다.

발을 삶아내고 여기에 양고기, 피망, 고추 등을 볶은 것을 얹어 먹는데 조금 맵긴 해도 맛이 좋다. 게다가 낭(빵) 몇 조각을 곁들이면 매운 맛도 해소할 수 있고 배도 불릴

수 있다.

식사를 하고 길이 뚫리기를 기다렸지만 5시간을 기다려도 길이 열릴 생각을 않는다. 길이 이 곳 하나뿐이니 많은 사람들이 길에 차를 세워두고 한없이 기다린다. 의외의 복병을 만나 사막 한가운데서 한낮의 뜨거운 열기 속에 많은 시간을 허비하다가 언제 길이 열릴지 몰라 결국 방향을 돌려 되돌아가야만 하였다. 장시간 기다림 속에 달궈진 뽈따구가 사막의 열기를 압도 한다.

전혀 예상치도 못했던 도로가 봉쇄되는 바람에 일단 튀커쒼으로 한 발 물러섰다. 이곳은 우루무치에서 약 160Km 떨어진 곳으로 바람이 강하게 불 뿐만 아니라 투루판, 션션과 함께 투루판(위구르어로 '패인 곳') 분지에 위치해 있어 아주 더운 도시로 손꼽히는 곳인데 인구는 약 10만 명에 포도, 수박 등으로 유명하다. 오후 8시가 넘었는데도 밖의 기온이 37도로 더운 공기가 턱 밑까지 차오르는 것이 숨막히게 한다. 게다가 통제된 도로사정 때문에 사람들이 이곳으로 몰려들어 호텔 잡기가 수월치 않다. 더워서 짜증나고, 도로가 막혀 열받고, 게다가 호텔(金泉賓館) 방까지 속 썩여 울화통 터지고 이래저래 오늘은 사막의 열풍에 진이 쏙 빠지는 날이었다.

# 030

6월 6일

# 돌아올 수 없는 사막 타클라마칸에 서다

길이 뚫렸다는 소식에 분주하게 짐을 정리하여 다시 국도로 달려 나갔다. 어제 사고로 길이 막혔던 쿠미시 톨게이트를 지나자 홍류와 로터스가 지천으로 널려있는 사막이 펼쳐진다. 사막식물들이 줄을 지어 무성한 것을 보면 조림사업을 한 것 같다. 얼마를 달렸을까. 반대편 차로에 또 대형트럭 두 대가 갓길에 넘어져 있다. 그런데 공안들은 두 차선 모두를 통제하고 있는 것이 아닌가. 우리 경우에는 보통 한 쪽 차선을 열어주고 사고 처리를 하는데 여기는 아예 길을 완전히 통제해 버린다. 어제도 아마 이런 경우가 아닌가 싶다. 하긴 어제 같은 경우는 유조차가 전복되고 인사사고까지 겹친 대형사고였다고 하던데….

끝없이 펼쳐지는 사막길이다. 어느새 바잉골(巴音郭楞) 몽골자치주에 접어들었다. 이곳은 면적은 신장의 1/4을 차지하고 있는데 중국에서 자치주로서는 가장 큰데 몽골의 상징인 아오바오(敖包)가 도로변 언덕에 세워져 있다. 어디서부터인가 이 길은 일급공로(一級公路)로 바뀌어 있었으며 길 양쪽으로는 어린 포플러 나무들로 방풍림이 조성되어 있고 지표면엔 이들에게 생명수를 공급하는 고무호스들이 50cm 정도의 일정한 간격으로 길게 뻗어 있다.

시원하게 뚫린 일급공로를 타고 달려 나가니 어느새 쿠얼러(庫爾勒)

147

시 사인이 눈에 들어오고 멀리 현대식 고층빌딩들이 시야에 잡힌다. 고속도로를 빠져나와 도심으로 들어가는 입구에 시원하게 콩치아오 (孔雀) 강물이 빠른 속도로 흘러간다. 15년 전 이 도시 초입에는 아무 것도 없었다고 하는데 사막 속에 묻혀있는 유전과 가스가 개발되면 서 많은 변화가 생겼다고 한다.

쿠얼러시는 신도시답게 깨끗하고 활력이 넘쳐 보였다. 자전거와 오토바이를 탄 사람들이 더위에도 아랑곳하지 않고 바쁘게 대로를 누빈다. 하지만 도심을 벗어나면 이내 사막으로 바뀌고 석유와 가스 관련 시설들이 눈에 많이 띤다. 식사를 하기 위해 호텔 식당에 들러 친절한 종업원들의 안내를 받으며 점심을 먹었다. 이제는 더 이상 중 국음식점에서 식사를 하지 못할 것이라고 남선생이 한 마디 던진다. 무슨 말인가 싶어 되받아 물어 보았더니 앞으로 남은 여정에는 한족 (중국사람)이 운영하는 식당은 거의 없고 위구르인이 운영하는 식당 에서 식사를 하게 될 것이라고 한다.

쿠얼러를 빠져나와 166km를 달려 룬타이에 도착하였다. 룬타이 에는 쿠얼러시와는 달리 고층빌딩은 없지만 도시계획으로 인하여

타클라마칸 사막공로 입구.

도심이 잘 정리돼 있고 깨끗하다. 사막공로(沙漠公路)로 방향을 잡기 전 마침 길옆에 낭(빵)을 파는 가게가 있어서 예비식량으로 미리 낭을 좀 사두었다. 약간의 허기도 밀려오기도 하여 달리는 차안에서 지루함을 달래며 낭 조각을 연실 입 안으로 밀어 넣었다.

룬타이 도심에서 약 40km 벗어나 사막공로를 알리는 입구에 도착하였다. 이곳이 바로 말로만 듣던 죽음의 사막 타클라마칸이 시작되는 곳이다. 많은 자동차들이 그 길을 통해서 달려 나오고 있었는데 대부분 공사 관련 대형 트럭들이었으며 간간이 유럽의 여행객들이 손수 자동차를 운전하는 모습도 눈에 띄었다. 이 부근은 역시 가스와 석유 관련 산업시설들이 상당히 들어서 있는데 곳곳에 하늘을 향해 뻘건 불기둥이 치솟고 있다.

사막공로 입구에는 샤포들이 잘 발달되어 있었고 나무들은 푸르름을 자랑하고 있었는데 홍류는 물론이고 특히 아름드리 호양(胡楊)나무가 대거 서식하고 있었다. 중국은 심혈을 기울여 2005년부터 사막의 녹화사업을 위해 많은 량의 나무를 심을뿐더러 관리도 철저하게 하고 있다고 한다.

149

다양한 형태의 커다란 호양나무들은 타클라마칸 사막의 가장자리와 타림강의 양안에 약 300ha 면적에 심어져 있다. 세계의 호양나무의 약10%가 중국에 있으며 그들의 90%는 타림강안을 따라서 서식한다. '제3기의 살아있는 화석'으로 알려진 호양나무는 1억 3천 5백만 년 동안 존재해 왔다. 사막의 모래폭풍과 가뭄 그리고 타는 듯한 뜨거운 열기에도 굴하지 않고 꿋꿋하고 강인하게 살아가는 호양나무는 '천년 동안 살고, 천년 동안 쓰러지지도 않고 천년 동안 썩지도 않는다(千年不死 千年不倒 千年不朽)'라는 말처럼 3천년을 산다고 한

삼천년을 산다는 호양나무는 노랗게 물든 가을에 더욱 아름답다.

다. 늦가을이 되면 호양나무들은 은행잎처럼 노란 금색으로 옷을 갈
아입는데 황량한 사막에 번쩍이는 금빛으로 강한 인상을 심어준다
고 한다.

사막공로의 초입에 들어선 시간은 거의 오후 9시가 지나서였다.
아직 어둠은 내리지 않았지만 모래바람이 몹시 강하게 불어 가시거
리가 짧아졌고 도로 위를 모래 바람이 이리저리 휩쓸고 지나간다. 공
로가 지나가는 쇼타오 마을과 타허(塔河) 강을 조심스럽게 지나 어둠
이 내리기 전까지 약 80여 km쯤 더 달려가 타클라마칸의 칼날 같은
사구 위에 잠시나마 설 수 있었다. 모래 바람이 얼마나 세차게 불던
지 말을 할 수 없을 정도이며 입을 떼기만 하면 미세 모래가 입안으
로 사정없이 들어오는데 게다가 눈도 뜨기가 쉽지 않다. 이렇게 타클
라마칸은 발아래에서 심하게 요동을 치고 있었다.

사막을 지나는 공로 양쪽에는 홍류가 심어져 있다. 특이하게도 이

타클라마칸 사막에 부는 모래바람.

사막 녹화사업을 위해 생명수가 흐르는 검은 호스가 길게 깔려 있다.

들 나무들의 지표면에는 약 1m 간격으로 4~5줄의 검은 호스를 깔아 놓았는데 이를 통해서 물을 공급되고 있다. 죽음의 사막을 살아 숨 쉬는 사막으로 되살리기 위한 노력의 결과들로서 쉬허즈의 신장 병단군간 박물관 앞 화단이나 기타 농경지 등에서도 이러한 시설을 설치한 것을 여러 번 목격한 바 있다.

타클라마칸 사막은 타림분지 중앙에 위치하며 동서 폭이 1,000km 이며 남북 길이가 400km이다. 면적은 337,600㎢로 중국에서 제일 큰 사막이며 세계에서 아프리카의 사하라사막에 이어 두 번째로 큰 사막이다. 사구의 기복고도는 100-300m 사이이며 이 타클라마칸 은 위구르어로 '한번 들어가면 살아나올 수 없는 사막' 이란 뜻이다. 타클라마칸 사막의 한낮에 기온은 위험할 정도로 뜨겁고, 때때로 모래의 온도는 70℃에서 80℃에 이른다. 하얀 모래 위에 반사되는 태양은 눈을 멀게 할 수도 있다. 사막의 아래에는 수맥과 유정이 있어서 이곳에는 지금 유전 개발이 한창 진행 중에 있으며 중국 석유매장량의 30%를 차지한다고 한다. 이러한 화석자원을 개발하기 위해 1991년 중국정부는 국가 '필요' 정책으로 선정하여 17개의 연구부문에 180여명의 전문가와 기술인원을 두고 도로를 건설하기 위한 연구를 하였으며 1995년에 사막공로가 완공되었는데 총 길이는 522㎞이다. 그중에 사막에 있는 도로 길이는 466km이며 북쪽의 314번 국도와 남쪽의 315번 국도를 연결한다.

밤 10시가 되어서 아쉬움을 남긴 채 더 이상 타클라마칸에 머무르지 못하고 왔던 길을 돌아나가야만 하였다. 사막공로 전 구간을 달려보면서 중국 사람들이 무엇을 얻기 위해 이렇게 힘들고 어려운 도로를 건설하였는지 또한 얼마나 많은 노력을 기울였는지 경험해 보고 싶었다. 하지만 처음부터 일정이 뒤틀리고 예정된 일정마저 어긋나면서 타클라마칸과의 인연도 멀어지게 되었다. 지난번 투루판에서 아이딩 호수를 찾아가다 포기하고 돌아선 기억이 되살아나면서 또 한 번의 아쉬움을 삭히며 두 주먹으로 허공을 몇 대 쥐어박고는 칠흑 같은 어둠을 뚫고 쿠처로 달려간다.

152

# 키질석굴에서 만난 조선화가 한락연

지난밤 타클라마칸 사막을 출발하여 자정이 훨씬 넘은 시간에 도착했음에도 쿠처에서 맞는 아침은 창문으로 쏟아져 들어오는 햇살과 더불어 상쾌하였다. 호텔(庫車賓館) 로비에서 만난 이 곳 외사처 직원의 안내를 받아 신장지역 최대석굴인 키질 천불동으로 향하였다. 도심을 벗어나 30여 분 정도 달려 나가자 사막이 나타나기 시작한다. 314번 도로를 타자마자 곧 비포장도로로 바뀌면서 협곡으로 이어지는데 마치 그랜드캐니언과 같은 기암절벽이 펼쳐진다.

커다란 봉화대가 우뚝 서있는 협곡을 지나면 기기묘묘한 바위들로 이루어진 텐산 자락이 나타난다. 나무 한 그루, 풀 한 포기 없는 바위 투성이의 산이지만 마치 물결이 이는 듯한 형태의 바위의 표면은 말로는 도저히 설명이 불가능한데 자연이 빚어놓은 신비로움에 놀라울 따름이다. 위구르말로 무자티(木札特)라는 빙허(氷河)가 흐르는 이 곳은 지금 한창 도로공사로 몸살을 앓고 있다. 곳곳에 시멘트 기둥이 올라가고, 터널이 뚫리고 게다가 217번 국도는 무슨 사정 때문인지 통행이 금지되어 있다.

텐산을 빠져나와 뚱커루(東克路)를 타고 G217 도로로 연결되는 길로 접어들다 307번 성도(省道)로 바꿔 타면 다시 지평선만 보이는 사막 길이다. 곧이어 나타나는 천불동 안내판을 따라 낮은 구릉을 몇

바퀴 빙빙 돌아 달려가면 발아래 저 멀리에 강이 흐르고 바로 눈앞
에는 녹색의 오아시스가 나타나는데 그 오아시스의 길을 따라가면
천불동 매표소에 이르게 된다.

구라마지바 조각상 뒤로 키질석굴이 펼쳐진다.

매표소를 지나면 키 큰 미루나무들이 도랑을 따라 줄을 지어 심어
져 있고 그 옆으로 콘크리트로 포장된 길을 따라 올라가면 삼론종(三
論宗)의 조사(祖師)로 구라마지바(鳩摩羅什)의 청동 조각상이 천불동을
배경으로 사색에 잠긴 자세로 앉아 있다. 다른 석굴과 마찬가지로 키
질석굴도 내부촬영을 하기 위해서는 비용을 지불하여야만 하였다.

17호굴 주실 정면 벽에 그려진 벽화. 도솔천궁에 앉아있는 미륵불
이 보살들에게 설법을 하고 있다('키질석굴', 신장미술섭영출판사).

205호 주실에 그려진 치우츠왕과 왕비의 공양상(供養像)
으로 투오티카왕은 오른손에 향로를 들고 있고 왼손에는
검을 쥐고 있다. 왼쪽은 시와양푸라바(斯瓦揚普拉巴)왕비다
('키질석굴', 신장미술섭영출판사).

PD가 촬영시간과 그에 따른 가격을 결정하는 동안 이 곳 유물 해설
사를 앞세워 관광객들에게 개방된 석굴을 둘러보았는데 마찬가지로
사진 촬영은 금지되어 있다. 둔황 모가오굴처럼 해설사가 일일이 손
수 동굴 문을 열고 잠그면서 설명을 해주었다. 투루판의 베제클리크
석굴과는 달리 벽화들은 보존상태가 양호하였으며 양식 또한 사뭇
다른데 녹색과 청색을 주조색으로 사용하고 있으며 둥글둥글한 형
태와 명암 처리에 의한 볼륨은 서역의 영향을 받아 화면을 더욱 풍부
하게 만들어 준다. 하지만 몇 군데를 돌아본 동굴 중에 역시 우리의
눈을 멈추게 하는 곳은 화려한 벽화가 아니라 한국인의 피가 흐르고
있는 조선족 화가 한락연(韓樂然)의 자취가 남아 있는 10호굴이었다.
문화재 수탈에 혈안이 된 구미열강을 나무라며 키질석굴 보존과 보
호에 앞장섰던 그는 아쉽게도 1947년 비행기 사고로 사망을 하였지
만 키질석굴에 대한 애정을 벽면 한쪽에 글로 남겨 놓았다. 그의 딸
이 기증한 초상화가 작은 액자에 끼워진 채 석굴을 지키고 있다.

한참 만에 관리사무실에서 나온 PD는 흥정이 잘되었는지 촬영 장

한락연

비를 챙겨든 카메라 감독과 천불동 동굴로 향한다. 비용은 단 1분 촬영에 3,500위안(우리 돈 약 45만원)을 지불하였다. 키질 천불동은 외래문화와 전통적인 중국 문화와의 결합의 산물이라 할 수 있는데, 바이쳉(拜城)현의 동쪽 70km 떨어진 곳에 3km 정도 흩어져 있는 석굴은 무자트(木札特)강안과 쿠얼닥(雀爾達格)산의 적갈색 암벽에 조성해 놓았다. 가장 초기의 석굴은 3세기에 조성되었으며 8세기에 마무리되었는데 236개의 석굴이 있으며 대부분은 특별한 형태로서 고스란히 남아있다. 그들 중 83개는 벽화로서 전체적으로는 약 10,000㎡에 이르는데 벽화의 내용은 불교전래와 인연고사(因緣故事), 본생고사(本生故事)등에 관한 것이다. 매혹적인 벽화들은 다양한 주제를 담고 있으며 치우츠(龜玆)문화와 불교예술이 결합된 예술적인 보물로 신장에서 최대 규모의 석굴일 뿐만 아니라 중국에서 가장 이른 시기의 대형 불교석굴이다.

키질석굴에서 돌아와 저녁 무렵 쿠처문화광장(庫車文化廣場)을 찾았다. 해가 지기도 전에 벌써 많은 사람들이 길거리로 나와 휴식을 취하고 있었다. 더욱이 광장 뒤에는 바자르가 있어 사람들로 붐비는데 현대식 상가 앞을 넓게 차지한 먹거리 터에는 빈 의자가 없을 정도로 만원사례를 이루고 있다. 상가 1층에는 '선인장' 이라고 한글로 쓴 간판이 눈에 들어와 혹시 주인이 한국 사람인가 싶어 가게 문을 들어섰더니 위구르 사람이 인사를 한다. 한류

한류바람을 타고 한글 간판을 내건 신발가게에 시선이 머문다.

의 열풍이 신발가게 이름마저 한국 상호로 바꾸어 놓은 것이다. 광장에 흩어져 있는 조형물에 네온사인이 켜지면서 사람들은 원색의 장식등 아래 삼삼오오 모여앉아 이야기꽃을 피운다.

## 032
6월8일

# 중국의 서쪽 끝 카슈가르에 당도하다

쿠처 도심에서 연결된 314번 국도 변에는 위구르인들이 거주하는 집들로 빼곡히 연결되어 있다. 아침을 여는 풍경은 어디나 마찬가지겠지만 이곳에서는 자동차와 마차가 어우러져 도로를 함께 달리고 있는데 특히 당나귀가 끄는 마차들이 눈에 많이 띤다. 복잡한 도심을 빠져나와 신허현(新和縣)을 거쳐 또 다시 광활한 대지를 달려 나간다. 석탄을 싣고 사막을 달리는 화물열차의 꼬리가 길게 이어지고 있고 석유 채굴기가 곳곳에서 역동적인 모습으로 움직이고 있다. 굴뚝처럼 기다란 철기둥 끝에서는 빨간 불꽃이 거친 바람에도 아랑곳 하지 않고 너울너울 춤을 추는데 이곳 신장지역은 사막 아래에 묻혀있는 화석자원을 바탕으로 새롭게 변신을 꾀하고 있다. 중국정부에서 밀어붙이고 있는 서부 대개발 프로젝트가 완성되는 2050년에는 어쩌면 신장은 중아아시아의 허브로 자리매김 될지도 모르겠다.

고속도로를 앞서 달려 나가던 3호차 처용이 시야에서 사라졌다. 워키토키로 몇 번을 호출을 해도 대답이 없자 다급해진 피디가 찾으러 나섰다. 얼마나 지났을까. 처용이 사막에 빠졌다며 긴박하게 목소리가 들려온다. 고속도로를 벗어나 사막 길에 들어섰다 자력으로는 빠져 나올 수 없을 만큼 모래 깊숙이 바퀴가 빠졌단다. 아뿔사! 한숨에 달려가 합세를 해보지만 빠져나오려고 가스페달을 밟으면 밟을수록 더욱 모래 속으로 빠져만 들었다. 난감한 일이었지만 1호차 해울이를 사막에 투입해 견인함으로써 겨우 빠져나올 수 있었는데 'big problem'이라며 용차장의 얼굴이 일그러지고 급기야 정색을 하며 피디에게 거친 항의를 하였다. 우리 차로 돌아온 용처장은

"The young people doesn't know the desert condition. You are older than him. So, you have responsibility, too!"

라고 다시 한 번 쏴붙이듯 말을 한다. 그러면서 그는 우리의 안전을 최우선으로 고려하고 있다고 퉁명스럽게 한 마디 더 내뱉는다. 만에 하나 사고라도 난다면 그 역시도 문책을 받을 것이기 때문이다. 어째든 안전사고가 일어나지 않도록 주의하고 또 주의해야 한다.

나귀가 끄는 마차는 여전히 중요한 운송 수단이다.
나귀를 자유자재로 부리는 촌로의 모습이 인상적이다.

모래사막에 빠진 처용. 혼자 힘으로는 절대 빠져나올 수 없다.

　유에군을 지나자 다시 백발을 한 텐산 산맥이 오른쪽으로 펼쳐진
다. 처용이 사막에 빠져 1시간을 지체했기 때문에 가속 페달에 힘을
주어 달린다. 점심식사를 하기 위해 고속도로에서 빠져 악수(阿克蘇)
로 들어왔는데 갑자기 황사가 심하게 불어 닥치면서 가시거리도 짧
아진다. 도시 전체가 온통 황사로 뒤덮여 어두침침한데 식사를 하는

동안 언제 그랬냐는 듯이 푸른 하늘이 되살아났다. 악수시에서 다시 서쪽으로 달려 키르기스족 자치주의 주도인 나토실을 지나 카슈가르로 진입하였다.

출구를 벗어나 도심으로 진입하자 거리에 많은 사람들이 눈에 띤다. 금요예배와는 별로 관계가 없어 보이는데 원래 사람들이 많아서인지 도심 주변에는 엄청나게 많은 사람들로 붐비고 복잡하다. 쿠처로부터 12시간을 달려 방금 중국 땅에서의 최종 목적지 카슈가르에 도착하였다. 입구에 무궁화가 심어져 있는 치니와커(其尼瓦克) 호텔 인터내셔널에 여장을 풀었는데 치니와커는 20세기 초 러시아와 그레이트 게임에 중심에 섰던 영국영사관이 있던 자리이기도 하다.

옛 영국영사관 자리에 지어진 3성급 치니와커 인터내셔널 호텔. 내국인은 이용할 수 없다.

카슈가르(喀什)는 타클라마칸 사막이 인접해 있으며 신장의 남서쪽, 파미르의 북동쪽에 위치하고 있는데 서쪽에 키르기스스탄, 타지키스탄 남쪽에 아프가니스탄, 파키스탄 인도와 국경을 맞대고 있다. 카슈가르는 신장에서 풍부한 전통과 오랜 역사를 지닌 가장 커다란 오아시스지역으로 면적은 162,000㎢, 그 중 카슈가르시는 16㎢이다. 우루무치에서 1,500여km 떨어져 있는 카슈가르는 예전부터 남부 신장의 전략적 도시로 인구는 약 3백 5십만 명이며 위구르족, 한족, 회족, 우즈벡족, 카작족, 만주족, 시베족 그리고 몽골족 등 18개의 민족이 거주하고 있는 중국의 서쪽 끝에 자리한 고대 실크로드 도시다.

## 033

6월 9일

## 그레이트 게임의 현장이었던 셔먼호텔

　무궁화 꽃이 활짝 피어난 오전에 호텔 앞을 지나는 대로 건너편에 있는 바자르를 둘러보았다. 생활에 필요한 물건들은 물론 악기, 카펫 등 다양한 공예품을 제작 판매하는 곳이 줄줄이 들어 서있고 낭을 비롯하여 많은 먹거리들도 저마다 독특한 모양으로 손님을 기다리고 있다. 오래된 시장답게 골목골목에 서있는 건물들에서 세월의 때가 묻어나는데 시간이 흐를수록 관광객과 함께 많은 사람들로 부산해지기 시작한다. 시장이라 그런지 여성들도 꽤나 거리를 활보하고 다니는데 이곳의 위구르 여성들은 '루말' 또는 '야흐릭'이란 두건으로 얼굴 전체를 가리거나 눈만 내놓고 외출을 한다.

위구르 여인들의 복장이 더운 날씨에
답답해 보이지만 그들은 율법에
순종하며 살아가고 있다.

바자르에 도착해 제일 먼저 찾은 곳은 이곳의 전통악기를 직접 제작하고 판매하는 악기상점이었다. 가게 안에는 크고 작은 다양한 전통 악기들이 벽과 공간에 줄을 맞춰 빼곡히 걸려 있는데 한쪽에는 서양악기인 바이올린도 걸려 있다. 이 가게 주인인 모하마데민 씨는 밀려드는 손님들을 맞아 그들의 요구에 에제크, 쿠시따르, 도따르 등 위구르 전통악기를 차례로 연주해 주면서 한편으로는 악기 판매에 신경을 쓴다.

전통악기 에제크, 쿠시따르는 현이 4줄로 바이올린처럼 활로 연주를 하며 도따르는 2줄인데 기타처럼 손으로 칠 수는 현악기들이다. 가게 안쪽에는 악기를 제작하는 공방이 한 쪽에 따로 마련되어 있어 한 사람의 장인과 두 명의 도제가 열심히 도따르를 만들고 있다. 위구르 전통아기 뿐만 아니라 몽골이나 카자흐족 등 다른 소수민족의 전통악기들도 제작할 수 있다고 하면서 장인은 각 민족의 악기의 특징을 비교해 가며 차이점이 무엇인지 친절하게 설명해 주었다.

164

서먼 호텔.

점심식사를 한 후 두 시간의 꿀맛 같은 오침 후에 치니와커와 전통의 라이벌이었던 셔먼호텔을 찾았다. 19세기말 서구 열강의 세력다툼으로서 그레이트 게임(great game)을 주도한 현장으로 1890년에 세워진 러시아 영사관 건물은 리모델링하여 호텔로 쓰고 있는데 예전의 건물은 VIP용 호텔로, 그리고 새로이 호텔을 신축하였으며 레스토랑이나 카페, 전통음악이나 춤을 공연하는 건물 등 다양하게 꾸며져 있다. 정원에는 아만사한과 나시르딘 아핀디(1208-1284)의 동상이 세워져 있으며 들어오는 입구에는 화강암으로 낙타를 타고가는 대상의 모습을 조형물로 세워놓았다.

영사관자리 옆 건물은 2층짜리 레스토랑인데 1층 입구에는 4사람의 연주자가 전통악기를 마치 신이 들린 듯 연주하고 있다. 북과 비슷한 답(Dap)과 실로폰의 음색을 나타내는 창, 기타와 비슷하게 연주하는 라왑 그리고 바이올린인 스크룹으로 이루어진 4중주였다. 더운 날씨에도 불구하고 이들은 땀을 흘리면서 쉬지 않고 연주를 하고 있었다.

셔먼호텔을 나와 바자르 근처 위구르 마을에 전통혼례식장에 초청을 받아 갔다. 문 앞에는 신랑이 신부를 데리러갈 자동차에 꽃 치장이 한참이었고, 많은 하객들이 이미 신랑 집에 모여 음식을 나누며 축하를 해주고 있다. 비좁은 입구에는 커다란 솥을 걸어 놓고 불을 때가며 감자 등 야채와 양고기를 넣은 '꼬르닥'이란 음식을 만들고 있었다. 지하층에도 역시 음식을 만드느라 분주하다. 1층과 2층은 전부 나이가 있는 여성 하객들이 빼곡히 앉아 있었고 3층에는 역시 셔먼호텔에서 봤던 것과 같은 전통음악 연주자들이 연주하고 있었는데 방에서는 이 음악에 맞춰 신랑 친구들이 춤을 추며 흥겹게 시간을 보내고 있었다.

　그러나 정말 보고자 했던 혼례식은 이미 오전에 끝났다고 한다. 위구르 전통 혼례식은 오전에 신랑 신부 두 사람이 천으로 가려진채 따로 앉아서 혼례를 인정하면 끝이 나며 신랑은 밤에 꽃 치장한 자동차로 요란을 떨며 신부 집으로 신부를 데리러 간다. 결혼식에 초대받은 우리는 3층으로 올라가서 신랑 친구들과 함께 어울려 춤도 추었으며 또한 아래층으로 자리를 옮겨 음식도 대접받았다. 음식을 먹기 전에 먼저 손을 씻도록 물을 따라 주는데 세 번 물을 따라주며 손을 씻게 하는데 절대로 손의 물기를 털면 안 되고 그대로 수건에 닦아야 한다. 더욱이 대접받은 음식은 남기지 않는 것이 예의라고 한다. 물을 따라 주며 손을 씻게 한 다음 카펫을 깔더니 음식을 내온다. 먼저 몇개의 낭을 들고 나오는데 뜯어서 카펫 여기저기에 던져 놓고는 쌀밥에 양고기가 들어간 '폴락'이란 음식과 입구에서 만들던 '꼬르닥'을 접시에 담아내온다. 예의를 지키기 위해 열심히 먹으려고 노력 했으나 도저히 입에 맞지 않아 다음 스케줄이란 변명 아닌 변명으로 불성실한 태도를 보이며 숟가락을 놓아야만 하였다. 아무튼 두 사람의 행복한 결혼 생활을 빌며 도망치듯 호텔로 돌아왔다.

신랑이 일가친족들에 둘러싸여 친구들의 어깨에 올려 진 채 신부를 데리러 가기 위해 집 밖으로 나가고 있다. 이들은 신부를 데리러갈 때 꽃 치장을 한 차를 타고 북치고 피리를 부는 등 아주 요란을 떨며 간다.

# 034

## 올드시티의 청순한 가이드 살라멧

오전 10시 치니와커 호텔에서 멀지 않은 국제 바자르(Centural Asia International Grand Basar in Kashgar)에 들러 '도리한도리' 라는 위구르 할아버지의 안내를 받아 시장 내부를 둘러봤다. 그는 95세의 나이에도 불구하고 시력이 나쁜 것 이외에는 정정해 보였는데 예전에 이 시장에서 남성복을 손수 만들어 팔았다고 한다. 지금은 나이 때문에 예전만큼 시장에 자주 나올 수 없음을 못내 안타까워하고 있었는데 특히 남성복을 파는 상점 앞에 이르자 옛 생각이 나는지 이것저것 유심히 살펴보고는 자기가 만들던 옷보다 좋다며 웃어 보인다. 그래도 사라져가는 전통에 대해서는 아쉬움이 크다며 돌아설 줄 모른다.

아팍호자 영묘로 향하는 오후 시간, 더위는 파죽지세로 최고조에 달해 대원들을 지치게 만든다. 바자르 앞 도로 양쪽에는 수박과 하미과 등을 길게 쌓아놓고 판매하는데 더운 날씨 때문인지 과일들을 바라보고 있노라니 냉장고에서 금방 나온 얼음 수박 한 조각이 절실히 그리워진다. 시원한 팥빙수는 생각할 겨를도 없이 어느새 도착한 주차장에 차를 세우고 불덩어리 태양을 품에 안은 채 입장권을 사들고 영묘로 향하였다.

이슬람 모슬리움 _ 아팍호자 영묘 외벽을 장식하고 있는
다양한 색상과 문양의 타일이 아름답다.

18세기 이태리 화가 P.죠셉 가스티 글리오네가 그린 향비.

이곳은 중국에서 가장 크고 가장 화려한 이슬람 모슬리움(靈廟)으로 그 시대의 저명한 이슬람 전교사인 모하메드 유섭(Mohammed Yusup)이 이 영묘를 지었는데 카슈가르시에서 동쪽으로 5km 떨어진 하오한(浩罕)촌에 자리하고 있다. 1640년에 지어지기 시작하여 수년에 걸쳐 완공하였는데 1995년에 보수공사가 마무리 되었다. 아팍 호자는 모하메드의 아들로 많은 존경을 받았으며 그의 사후에 이 영묘는 현재의 이름이 바뀌게 되었으나 이곳은 또한 아팍 호자의 손녀 '향비의 묘'로 알려져 있기도 한데 건륭황제의 비이기도 했던 그녀는 몸에서 늘 사막대추의 냄새가 났다고 하여 향비(香妃)로 불리었다.

영묘의 면적은 약 20,000㎡로 유문루(由門樓), 주묘실(主墓室), 예배사(禮拜寺), 강경당(講經堂), 연못 등으로 구성되어 있다. 특히 주묘실은 높이가 26m, 길이가 35m, 폭이 29m로 기둥이 없이 돔으로 이루어져 있으나 1959년에 보수공사를 하면서 돔 천장에 나무 기둥 하나를 가로로 덧댔으며 보수공사에 공헌을 한 사람들을 기리기 위하여 현판을 만들어 붙여 놓았다. 더욱이 이곳에는 호자가(家) 5대, 72개 무덤(안내원은 58개의 무덤이라고 설명해 주었다)이 들어서 있는데 많은 묘들 중에서 아팍 호자 묘는 중앙에 위치해 있으며 그 옆에는 그의 아버지(모하메드 유섭)묘가 그리고 우측으로 다섯 번째가 향비의 묘라고 안내원이 설명해주었다. 묘실 입구 한 쪽에는 향비의 시신을 운반해 왔다는 가마가 먼지를 뒤집어 쓴 채 놓여있다.

석고를 발라 단순하게 마무리한 내부에 비해 외벽은 유약을 바른 타일로 덮혀 있으며 아름다운 꽃문양과 기하문양으로 장식되어 있다. 타일은 청색과 녹색 등 7가지 색상으로 이루어져 있으나 지붕을

169

비롯해 기둥이나 벽면에는 타일이 군데군데 탈락되어 있지만 오늘날에는 당시의 제작기법에 대한 재현이 불가능해 원래대로 보수를 할 수 없다고 한다.

영묘 안에 가족묘. 가운데 줄 우측에 녹색과 빨강색 그리고 연두색으로 이루어진 덮개를 씌워 논 무덤이 아팍 호자 무덤이다.

향비묘에서 나와 올드시티(Old City)로 향하였다. 이 마을은 2,000여 년의 역사를 지닌 마을로서 대부분 위구르족들이 대대손손 거주하고 있으며 카라한 왕조 때부터 지은 흙집들로 대개 300여년의 역사를 지니고 있다고 한다. 이곳은 2㎢의 넓이에 2,094가구 10,000여명이 살고 있으며 18개의 청진사(모스크)가 있다. 이곳에서는 중세 위구르 관습과 다양한 전통을 볼 수 있는데 손으로 짠 카펫, 날염직물, 악기, 금속공예 등의 공예품을 제작하거나 그들의 생활양식이나

이들 4명이 짜고 있는 카페트는 4x5m 크기로
대략 6개월 이상 걸리는 고된 작업이다.

전통음식을 체험할 수도 있다.

우리가 올드 시티를 찾았을 때 입구에서 낯익은 얼굴들을 만날 수 있었는데 오전에 국제 바자르에 갔다가 입구에서 올드 시티를 알리기 위해 유인물을 나누어주던 여성들과 청년들이었다. 반갑게 인사를 하고는 살라멧이란 안내원의 도움을 받아 올드 시티를 돌아볼 수 있었다. 살라멧은 20대 초반의 앳된 여성으로 가무잡잡한 피부에 짧고 까만 머리, 속눈썹이 짙고 길며 우수에 찬 눈을 가지고 있었다. 그녀는 위구르 전통문양의 원피스를 입고 있었는데 크지 않은 키에 가냘픈 몸매, 가늘고 긴 다리가 연약해보였지만 장난기가 철철 넘치는 순진무구한 꿈 많은 소녀였다. 그녀는 넘어질듯 계단을 총총 오르내리며 가가호호 방문 시 손수 문을 열어주면서 친절하게 안내를 해주었다. 그녀는 본인이 살고 있는 이 마을과 자기 일에 대하여 상당한 자부심을 가지고 있었다.

173

18개의 청진사 중 제일 오래됐다는 모스크는 5백년이나 되었으며 입구 천장에는 꽃을 소재로 한 그림 18개가 채색되어 천장을 이루고 있는데 그림의 내용은 전부 제각각이다. 아울러 노랗게 채색된 벽면은 200여 년 전에 만든 벽 그대로였으나 낙서금지란 경고문이 무색할 정도로 훼손되어 있다. 카펫을 짜는 집을 방문했을 때는 4명의 아낙네들이 직기 앞에 앉아서 작업을 하고 있었다. 커다란 수직 직기에 실을 걸어 염색한 모사(毛絲)로 짜고 있는데 무그다이란 기법으로 경사 하나하나에 위사로 매듭으로 짓고 그 위에 평직을 한 줄씩 짜 주는데 쇠로 만들어진 묵지한 콤(comb)과 기다란 가위에서 세월을 읽을 수 있다. 디자인은 꽃이나 기하학문양 등 전통문양을 소재로 하고 있으며 하도(下圖)도 없이 정밀하고 정확하게 짜고 있었는데 경사는 12

합 이하의 면사를 1m에 380가닥을 거는데 실을 다루는 손놀림이 그 야말로 예술이다.

올드 시티는 말 그대로 오래된 마을이다. 오늘날 콘크리트로 지어 진 주택과는 달리 흙과 나무로만 지어져 비록 세월의 무게를 감당하 지 못해 달동네를 연상시키기도 하지만 사방팔방으로 미로처럼 이 어진 골목길이 전혀 낯설지 않고 정겹게 느껴진다. 골목 여기저기서 삼삼오오 짝을 지어 뛰어노는 아이들의 모습이 해맑기만 하다.

## 세월에 묻혀버린 치니와커의 영화

오전에 국제 바자르에 들러 플라스틱 통 등 물건을 사고 인민광장 옆에 있는 백화점으로 자리를 옮겨 내일 중앙아시아로 떠나기에 앞 서 필요한 식량을 구입하였으며 자동차 상태도 점검을 해두었다. 비 상식량으로서 빠질 수 없는 것이 라면이어서 중국산 라면으로 대신 하였는데 우리 것이 아니어서 아쉽긴 했으나 우리의 상표가 중국어 로 바뀌어 현지에서 생산되는 것이다.

점심식사 후 햇볕이 강하게 내리쬐는 오후 이드 카 모스크로 가기 위해 호텔을 나섰다. 청진사로 가는 길에 위치한 바자르에는 한낮이라 그런지 오가는 사람이 거의 없어 썰렁한데 청진사 앞 드넓은 광장에도 관광객들만 서성거릴 뿐 대부분 그늘 속으로 숨었다. 이 이드카는 중국에서 제일 큰 모스크로서 카슈가르 시의 한 복판 광장에 위치한다. 1442년에 세워졌으며 1537년과 1872년에 확장되고 보수되었다. 면적은 16,800㎡이며 유문루(由門樓), 교경당(敎經堂), 예배당(禮拜堂), 연못, 정원 등으로 구성되어 있고 모스크의 정문 높이는 12m이며 양쪽에 서 있는 미나렛의 높이는 18m이다. 성원 내 주 건축물-예배당 -은 길이가 160m이며 폭(進深)은 16m 인데 158개의 조각된 나무 기둥이 지지하고 있다. 이 성원은 4,000명을 수용할 수 있으며 정원은 식물과 함께 연못으로 우아하게 꾸며져 있는데 이슬람과 위구르건축의 전형적인 양식을 보여주고 있다.

이드 카 모스크

예배당에서 기도를 드리고 있는 위구르 노인.
진지한 그의 모습에서 엄숙함이 느껴진다.

커다란 유문루 정문을 통해 모스크 안으로 들어가니 기도시간을 알리는 여섯 개의 시계가 벽에 붙어 있다. 이들은 하루에 5번 기도를 올리는데 계절마다 그 시간은 다르다고 한다. 1개의 시계가 더 있는 것은 이맘이 집전하는 기도 시간이란다. 외부의 화려함에 비해 내부는 대단히 소박한 느낌을 준다. 외부는 화려하게 장식을 하지만 내부 장식을 하지 않는 것은 이슬람 교리를 따르는 것이라고 한다. 모스크는 금요일 오후 2시부터 4시까지 약 10,000명이상이 기도에 참가하며 여성들은 이곳에서 기도를 올릴 수 없지만 먼 곳에서 온 사람들은 멀리 떨어져 기도를 드릴 수 있다고 이곳 관계자가 설명해 주었다.

모스크에서 나와 잰 걸음으로 더위를 피해 호텔로 돌아와 잠시휴식을 취하고 호텔 뒤편에 초라한 모습으로 100여 년 전에 영화를 누리던 영국 영사관을 찾았다. 이 영사관은 1908년에 지은 것으로 20세기 초기에 중국 신장 쪽에 있는 유일한 외교기관이었으나 1945년에 영국은 철수를 하게 되었다. 그 후 인도, 파키스탄 영사관으로 고쳐 사용되다 1954년 다시 철수를 하였다. 영사관 건물은 세월을 이기지 못했음인지 보수한 흔적들이 곳곳에 보이고 있으며 또한 많이 낡은 상태였다. 지금은 위구르 식당으로 바뀌고 말았는데 문이나 문의 장식 그리고 테라스 장식들은 예전 그대로라고 이 식당 지배인이 일러주었다.

그래도 옛 영화를 지켜보고 있는 것은 바로 앞에 심어져 있는 고목 위엔관위(圓冠榆)인데 수령은 108년, 나무의 높이는 20.2m 나무의 직경은 1,3m라고 안내판에 쓰여 있다. 녹음이 짙게 우거져 있는 이 나무의 수종은 정확하게 알 수 없었지만 더욱 안쓰러운 것은 굵고 기다란 가지가 한두 군데 꺾여 있어 말라 가고 있었다.

땅거미가 밀려오는 시간, 저녁식사를 마친 자리에서 간단한 파티를 열었다. 파티라고 해봐야 대원들 모두가 모여 맥주 한 잔하는 것이었다. 오늘로서 35일간의 중국 여정을 마치고 내일 오전에는 중앙아시아로 떠나게 되는 것이다. 중국에 체류하는 동안 가는 곳마다 정부에서 파견된 남선생의 이유 있는(?) 통제로 인하여 애로 사항이 한둘이 아니었다. 물론 중국 땅에서 중국정부의 안내에 따를 수밖에 없는 일이었지만 그보다 사전 양해가 있었고 적지 않은 돈을 지불했음에도 얼굴을 붉히는 상황이 연출된 것은 아쉬운 일일 수밖에 없었다. 여러모로 아쉬움이 진하게 남는 여정이었으나 다행히 대원들의 건강 상태가 양호해 그나마 위안이 되었다.

"중국여정의 마무리와 중앙아시아의 첫 기착지
키르기스스탄을 위하여 건배 ~~"

옛 치니와커 건물과 그 앞에 서있는 보호수 위헤미커

# 눈발이 날리는 토르갓 패스를 넘다

오전 10시 치니와커(其尼瓦克)호텔을 출발하여 1시간(카시에서 약 55km) 정도를 달려 중화인민공화국투얼까터커우안이라고 붉은 글씨로 쓴 해관(海關, 중국에서는 세관을 해관으로 부른다)에 이르자 먼저 환전상들이 몰려든다. 환율이 궁금하기도 해서 중국돈 200위안을 환전상에게 바꾸었는데 100위안 당 400솜(솜은 키르기스스탄 화폐단위)씩 800솜을 준다. 하지만 여기서도 환전상들에 따라서 액수가 다르므로 반드시 흥정이 필요하다.

출국허가서에 몇 가지를 기입하고 서명을 한 후 미스터 오에게 건네주고는 해관 통과만을 기다리고 있었다. 그런데 해관 안에서 일을 보던 남선생과 용처장의 안색이 좋지 않다. 아니나 다를까 문제는 세관신고를 카슈가르에서 했어야 한다고 한다. 여기는 단지 서류심사만 한다고 하는데 그렇다고 다시 카슈가르로 돌아갈 수 없는 일이었다. 남선생과 용처장이 분주히 뛰며 다행히 문제를 풀 수 있었지만 황당하게도 카슈가르의 담당자가 오후 4시나 돼야 출근을 한다는 것이다. 어쩔 수 없이 그때까지 기다릴 수밖에 없었다.

179

이 세관을 통과해야 토르갓 패스를 지나 키르기스스탄으로 갈 수 있다.

한참을 더위와 싸우며 6시간을 기다린 끝에 오후 5시 10분, 드디어 해관 문이 열렸다. 키르기스스탄에서 해관으로 들어오기 위해 줄을 길게 선 트레일러들을 피해서 신장정부에서 제공한 군 지프를 앞세워 두 시간쯤 달려(약 100km) 고도 3,300m에 이르는 중국국경 마지막 검문소에 도착하였다. 중국 군인들이 검문소에서 나오더니 용처장과 함께 건물 안으로 들어간다. 잠시 후 군인들은 여권만 간단히 확인하고는 이내 통과를 시켜주는데 이들은 신기한지 호기심어린 눈으로 우리 얼굴과 차를 열심히 번갈아 보고 또 본다. 이제 마지막 6km만 가면 완전히 중국국경을 벗어나 중앙아시아의 키르기스스탄이다. 고도 3,500m에 이르자 비가 눈으로 바뀌면서 흥분한 대원들의 함성이 무전기를 타고 들어온다. 밖의 기온은 점점 떨어져 영상 3도를 가리키는데 지난번 나라티를 가기 위해 텐산을 넘을 때와 비슷한 조건이었다.

물건을 실어 나르는 운송차량들이 꼬리를 물고 길게 늘어서 있는데 중국 상품은 이미 중앙아시아
에서 독점적 위치를 차지하고 있다.

드디어 국경을 알리는 표석이 눈에 들어온다. 여기가 고도
3,752m 토르갓 패스(Torugart Pass)이다. 중국명칭으로는 투얼까터
샨커오인데 더 이상 남선생을 비롯하여 중국에서 함께 했던 용처장
과 미스터 오는 갈 수 없다. 그동안 중국여정에서 함께 했던 시간을
아쉬워하며 작별인사를 나누었는데 그들의 많은 통제와 제약으로
어려움을 겪었지만 어쨌든 안전하게 국경을 넘게 해주었다. 국경을
넘어야 할 시간이 워낙 촉박한데다 날씨가 좋질 않아 기념사진 한 장
찍지 못한 채 사나이들은 각자의 갈 길로 돌아서야만 하였다.

눈발이 세차게 날리는 중국과 키르기스스탄의 국경과 국경사이 완
충지대를 달린다. 그동안 늘 3, 4명씩 차에 함께 했던 사람들이 없으
니 왠지 허전함이 밀려오는데 그래도 중국일정을 끝냈다는 생각에
대원들의 마음이 가벼워 보인다. 곧 차디르쿨 호수가 눈에 들어오면

서 키르기스스탄 세관 건물이 보이고 초소에는 총을 든 군인들이 경계근무를 서고 있다. 중국시간으로 오후 7시 20분, 그들의 지시에 따라  입국심사를 마치고 세관신고를 하였는데 시간이 제법 걸린다. 키르기스스탄 시간으로 오후 6시 40분, 세관을 무사히 통과해 다시 비포장 도로를 달려 나가는데 역시 설산이 사방으로 펼쳐지면서 중국에서 보았던 적갈색의 구릉은 어느새 파란 초지로 바뀌었다.

　이미 해는 지고 점점 어둠이 밀려오는 시간, 세관에서 약 50여 km를 달려 첫 번째 검문소에 도착하였다. 무장한 군인들이 자동차 3대에 나누어 탄 대원들의 여권을 일일이 검사를 하는 동안 차에서 잠시 내려 주변 풍경을 카메라에 담았는데 이것이 문제가 되어 다소 시간이 지연되었다. 검문소 내로 데려가더니 상관인 듯한 자가 마치 카메라를 빼앗기라도 하듯이 기세가 등등한데 난리치는 이들에게 담배 두 갑으로 겨우 그곳을 탈출할 수 있었다.

중국의 서쪽 끝 국경 투얼까터산커우. 철조망 뒤 표석으로 눈발이 날린다.

키르기스스탄 국경을 지나 첫 번째 검문소에서 사진을 찍다 군인들에게 어려움을 겪었다. 담배 두 갑으로 해결하였는데 이들은 아직도 어린 티가 가시지 않은 앳된 모습들이다.

3,282m의 아크 베이트 패스를 지나자 칠흑 같은 어두움이 엄습해 온다. 보이는 것은 오로지 우리 대원들의 차량에서 뿜어져 나오는 불빛뿐이다. 간간이 비가 내리고 길은 비포장인지라 노면이 불확실해 속도를 낼 수가 없다. 더욱이 만나기로 한 가이드는 행방이 묘연해 불안감을 가중시키는데 사방팔방 전화로 수소문한 끝에 다행히 만나게 되어 나린을 향해 한참을 달리고 또 달렸다.

중국을 떠나기에 앞서 용처장은 키르기스스탄에 대해서 참고로 몇 가지 얘기를 해주었다. 나린은 변변한 호텔도 없고 식당도 좀처럼 찾기가 쉽지 않다고 하였는데 아니나 다를까 나린에 도착해 게스트하우스의 예약된 방이 취소되는 바람에 호텔을 찾는데 한참을 헤매다 비가 죽죽 내리는 어둠 속, 새벽 1시 40분에 허름한 게스트하우스에 겨우 짐을 풀 수 있었다. 우리는 토르갓 패스(Torugart Pass)를 넘어 키르기스스탄을 이렇게 만나게 되었다.

중국, 新 실크로드의 부활을 꿈꾸다

중국의 일정을 마치고 키르기스스탄 나린에서 잠시 포즈를 취한 대원들.
왼쪽부터 예제삼 PD, 이정원 대원, 조범수 프리랜서 카메라맨, 필자, 이동규 대원,
이동건 PD, 이희우 카메라감독. _ (사진 제공 조범수)

〈참고문헌〉

국내서적
권영필, 『렌투스 양식의 미술』, 사계절, 2004
김영종, 『반주류실크로드사』, 사계절, 2004
박종대역, 『실크로드견문록』, 다른우리, 2002
정수일, 『실크로드 문명기행』, 한겨레출판, 2006
정찬주, 『돈황가는 길』, 김영사, 2001


외국서적
왕서경, 두두성 편집, 『돈황과 실크로드』, 서안지도출판사, 2007
羅培模, 郭茂利, 張宏學 編輯, 『天水』, 新世界出版社, 1989
劉宇生, 張濱, 劉曉慶 主 編, 『新疆槪覽』, 新疆人民出版社, 2004
丁曉侖 編著, 『克孜爾石窟』, 新疆美術攝影出版社, 2006
_____, 『交河故城』, 新疆美術攝影出版社, 2006
_____, 『栢孜克里克石窟』, 新疆美術攝影出版社, 2006
_____, 『喀什旅游』, 新疆美術攝影出版社, 2001
_____, 『新疆名勝古迹掠影』, 新疆美術攝影出版社, 2002
_____, 『吐魯番旅游』, 新疆美術攝影出版社, 2002
丁曉侖, 岳峰 編, 『高昌故城』 新疆美術攝影出版社, 2006
周興福 主 編, 『山丹槪況』, 香港聯合出版社

新疆維吾爾自治區博物館 畵冊編委會, 『新疆維吾爾自治區博物館』, 香港金版文化出版社, 2006
吐魯番博物館編, 『吐魯番博物館』, 新疆美術攝影出版社, 1992
The Foreign Affairs Office of Xian Municipal Government, Xian, China Tourism press, 2003
Zhang lin, The Qin Dynasty Terra-Cotta Army of Dreams, Xi'an Press, 2005